TIJUCAMÉRICA

TIJUCAMÉRICA

JOSÉ TRAJANO

UMA CHANCHADA FANTASMAGÓRICA

paralela

Copyright © 2015 by José Trajano

A Editora Paralela é uma divisão da Editora Schwarcz S.A.

*Grafia atualizada segundo o Acordo Ortográfico
da Língua Portuguesa de 1990, que entrou em vigor
no Brasil em 2009.*

CAPA Alceu Chiesorin Nunes

ILUSTRAÇÃO DE CAPA Sattu Rodrigues

PREPARAÇÃO Fabíola Cristofeli

REVISÃO Renato Potenza Rodrigues, Vivian Miwa Matsushita e Julia Barreto

Os personagens e as situações desta obra são reais apenas no universo da ficção; não se referem a pessoas e fatos concretos, e não emitem opinião sobre eles

Dados Internacionais de Catalogação na Publicação (CIP)
(Câmara Brasileira do Livro, SP, Brasil)

Trajano, José
 Tijucamérica: uma chanchada fantasmagórica / José Trajano. — 1ª ed. — São Paulo : Paralela, 2015.

 ISBN 978-85-8439-002-1

 1. Ficção brasileira I. Título.

15-03464   CDD-869.93

Índice para catálogo sistemático:
1. Ficção : Literatura brasileira 869.93

[2015]
Todos os direitos desta edição reservados à
EDITORA SCHWARCZ S.A.
Rua Bandeira Paulista, 702, cj. 32
04532-002 — São Paulo — SP
Telefone: (11) 3707-3500
Fax: (11) 3707-3501
www.editoraparalela.com.br
atendimentoaoleitor@editoraparalela.com.br

Gostaria de agradecer a Lana Novikow e André Conti pelo paciente trabalho de edição de texto; aos comparsas tijucanos Aldir Blanc, Felipinho Torreira Cereal, Edu Goldenberg e Luiz Antônio Simas, pelas preciosas dicas e sugestões; e a João Máximo, Dudu Monsanto, Mauro César Pereira, Roberto Salim, Marcelo Gomes e Helvídio Mattos.

Para meus filhos João, Marina, Bruno e Pedro

Amor
Eu queria te dar
Meu América e o meu Salgueiro
Amor
Eu queria te dar
A Tijuca e o Rio de Janeiro
Amor
Eu queria te dar
Meu coração e o mundo inteiro

(Adaptação da letra de "Lápis de Cor",
do saudoso botafoguense Paulo Emílio)

Ser tijucano
Aldir Blanc

A verdade é que o Tijucano vive um dilema desgraçado. Considerado semi-ipanemense pelos suburbanos e tido meio suburbano pelos ipanemenses, o Tijucano passa momentos difíceis num bairro impreciso.
— Tu mora onde?
— *Tijuca*.
O autor dessa resposta pode morar no Largo da Segunda-feira, no Maracanã, no Andaraí, em Vila Isabel, em Aldeia Campista. Digamos entre o Estácio e o Grajaú. Tudo é Tijuca.

Se vocês estão pensando que vou dizer que *o Tijucano é um estado de espírito,* aqui ó!

O Tijucano é um estado de sítio.

Premido pelo horror da acusação de suburbano e sonhando, secretamente, com as mordomias ipanemenses, o Tijucano adota uma atitude blasé em relação ao seu controvertido bairro. Acha a Tijuca *devagar, careta, meio não sei como, sacou?*

Saquei, bobalhão. A Tijuca é exatamente isto: meio não sei como. Uma amostra magnífica do nosso querido Brasil.

O Tijucano não tem salvação. Pode fingir, fugir, mudar, inventar, mas será sempre Tijucano. Mesmo que o corpo disfarce, a alma, como o criminoso, como o filho pródigo, voltará sempre à Tijuca.

Nenhum morador, nenhum bairro, padece tanto do tal conflito amor-ódio como o Tijucano. Ele fala mal dos bares da Tijuca, mas não sai deles. Detesta os cinemas do bairro, mas raramente vai a outros. Elogia o comércio da Zona Sul, mas não abandona as lojas da Tijuca. Venera as tangas, desde que não seja na mulher dele. É progressista, desde que o progresso não o afete. Esmera-se na sua desconcentração. Vigia sua esportividade. Obstina-se em sua espontaneidade. Por trás do desdém com que trata o bairro, esconde-se o orgulho. O maldito orgulho de ser Tijucano.

O Tijucano padrão é feito aquele amigo meu que pirou em plena Praça Saens Pena, tirou a roupa, subiu numa árvore e começou a gritar:

— *A Tijuca é uma merda! Tô farto disso aqui! Num guento mais a Tijuca! É uma merda! Uma verdadeira merda!*

Quando a ambulância chegou e meu amigo leu o que estava escrito nela, o escarcéu aumentou. Do alto da árvore, nu, mas em pose de senador, bradava:

— *Para o Pinel, jamais! Nós, os Tijucanos, temos nosso próprio sanatório!*

Um plano diabólico

Essa merda não vai ficar assim! Vou dar um jeito nessa história!

Outro dia, passando por Campos Sales, 118, na Tijuca, numa manhã calorenta e sufocante, típica do lugar, dei de cara com a antiga sede do meu América. Fiquei arrasado, deu vontade de chorar.

Transformou-se num prédio descascado e pichado, fechado e lacrado. Ocupa um quarteirão inteiro, coisa de uns vinte mil metros quadrados. E olha que já foi uma construção charmosa, imponente! Era a mais bonita sede de clube da cidade.

A verdade é que pra chegar aonde chegou teve que passar por reformas, ampliações e puxadinhos que desfiguraram a fachada acolhedora que existia no meu tempo de criança. Mas ainda bota certa banca.

Mendigos de tudo quanto é tipo dormem na entrada imunda, coalhada de restos de comida, cocô de cachorro, folhas secas e jornais velhos. Quem passa pela rua — estudantes, trabalhadores, bebuns e velhinhos que vão tomar sol na pracinha — não se incomoda com o abandono nem imagina a importância que tinha a sede do América de cinquenta anos atrás. Um prédio que pode desabar a qualquer momento.

Eu, sim, me incomodo!

Porque ali na Tijuca, na Campos Sales, entre as ruas Gonçalves Crespo e Martins Pena, juntinho à Praça Afonso Pena, a dois passos da Praça da Bandeira e a cinco minutos do Maracanã — a pé — vivi os dias mais felizes da minha vida.

Era uma usina de sonhos. Uma espécie de visita permanente a uma fantástica fábrica de chocolates. Aliás, tínhamos a nossa, a Gerbô, confeitaria húngara na rua Afonso Pena que fazia as tortas mais deliciosas do mundo.

A sede do América tinha piscina — que chamávamos de banheirão —, ginásio de esportes, salão de festas, bar que fazia cachorro-quente, a barbearia do Seu Joaquim, uma linda sala de troféus, salinha de cinema com cadeiras da Brahma, playground e o mais importante: o estádio de futebol. Tudo pequeno, mas tudo muito charmoso — pra mim um lugar sagrado porque ali treinavam e jogavam os meus heróis, meus craques inesquecíveis. E onde também nós, crianças, jogávamos nas manhãs de domingos quando o campo estava livre.

Um dia, em 1962, decidiram acabar com tudo.

Prometeram construir a sede mais moderna da América do Sul, com grandes piscinas, quadras de tênis, ginásio poliesportivo, restaurantes e bares chiques. Enquanto isso, levariam o futebol para o antigo estádio do Andaraí, comprado com o dinheiro da venda de Amaro, campeão de 1960, para a Juventus da Itália.

O estádio do Andaraí, no bairro vizinho, distanciou o futebol da gente da Tijuca, onde fincara raízes em 1911, quando houve a fusão com o Haddock Lobo, time onde jogou o grande goleiro Marcos Carneiro de Mendonça, campeão pelo América no primeiro título, ganho em 1913.

Depois que saiu da Tijuca, o América só conquistou três títulos que mereceram destaque: em 1974, campeão da Taça Guanabara; 1982, campeão dos campeões e da Taça Rio. A partir de 1986, quando foi o terceiro colocado no Campeonato Brasileiro, o América começou a definhar. Um tempo depois o estádio do Andaraí deu lugar a um shopping center e o dinheiro da venda do campo sumiu rapidamente.

O campo de futebol foi chutado para a Baixada Fluminense, Edson Passos, rua Cosmorama, município de Mesquita — virou estádio Giulite Coutinho, inaugurado em 2000. É arrumadinho, com capacidade para doze mil torcedores, mas é um estádio-fantasma, o América raramente joga ali. Tem até uma sala de imprensa com o meu nome.

O futebol é meu ajuste de contas.

Como diz Paulo Mendes Campos, *jamais renunciarei ao direito e ao prazer de sonhar o futebol: por fidelidade à infância e por fidelidade ao orgulho inexplicável de ser brasileiro.*

Então decidi: *Isso não vai ficar assim! Vou dar um jeito nessa história!*

E pus mãos à obra.

Talvez Pai Jeremias, dono de um dos terreiros de umbanda mais famosos do Rio de Janeiro, pudesse dar um jeito. Na juventude ele havia sido atacante do América e ainda era louco pelo time. Pensei, repensei e decidi, iria procurá-lo. Então fiz como o *Pivete* do Chico Buarque: dobrei a Carioca, desci a Frei Caneca, me mandei para a Tijuca e subi o Borel pra encontrar o meu possível salvador.

Conhecia Pai Jeremias desde o tempo de jogador do

América, quando fazia dupla com o craque Edu. Anos depois, assistimos juntos a algumas partidas do América das arquibancadas do estádio Giulite Coutinho. Foi excelente atacante, meio lento, mas habilidoso: depois jogou pelo Fluminense e também pelo Elche, pequeno clube espanhol, onde encerrou a carreira ainda jovem, quando sofreu séria contusão no joelho.

O babalorixá Pai Jeremias é guru de milhares de tijucanos que o consideram uma força da natureza. Mesmo desconfiado da eficiência e com pé atrás em relação à umbanda e afins para o que eu pretendia, fui falar com ele.

Logo na entrada da roça, dei de cara com uma enorme bandeira do América, o que me tranquilizou. Todo mundo que entra ali tem que beijá-la e fazer reverência. Pai Jeremias, negro alto, forte, gordo, bunda grande, é torcedor apaixonado.

Na véspera conversamos por telefone, contei um pouquinho da minha ideia e ele me esperava ansioso. Sentado na poltrona em frente ao grande altar com imagens de santos, preto-velhos e caboclos, usava um abadá branco, bordado, que ia até os pés. Em volta dele, as abiãs, noviças no terreiro, e os cambonos, espécie de paus pra toda obra. Todos de branco. No ar, um agradável perfume de flores.

Ao ouvir os detalhes do que bolei para salvar o clube, Pai Jeremias arregalou os olhos, esfregou as mãos, ficou em silêncio por alguns segundos e se levantou, aos berros:

Por que não pensei nisso antes? Vamos em frente! Sozinho não iria conseguir, mas em grupo podemos tentar, sim.

Pai Jeremias se iniciou na umbanda no terreiro de Pai da Luz, em Jacarepaguá, como ajudante de Peralvo, outro ex-craque americano que se tornou pai de santo. Mas foi no Borel, ao lado da antiga sede da Unidos da Tijuca, que ganhou fama e prestígio. É aquele tipo de gente em quem, depois de dois minutos de prosa, você passa a confiar de olhos fechados.

Para me ajudar na realização da tarefa *complicada, quase impossível, mas instigante e revolucionária*, Pai Jeremias indicou um cambono do terreiro, Hélio Palavrão, por coincidência meu velho conhecido do tempo desde 1968, quando fizemos uma excursão à Europa de navio. Conto as peripécias no livro *Procurando Mônica*. Hélio era médium, mas não incorporava. Fui atrás.

Encontrei Hélio Palavrão nas areias de Ipanema esparramado numa cadeira de praia, tomando cerveja e discutindo futebol numa roda de aposentados, entre eles o jornalista Sandro Moreyra, ambos fervorosos torcedores do Botafogo. A questão era sobre qual estrangeiro jogou melhor com a camisa alvinegra: o uruguaio Loco Abreu ou o argentino Lobo Fischer?

Engenheiro aposentado, Hélio não tinha pressa. Queria sombra e cerveja gelada, custou arrastá-lo para um lugar onde não houvesse ouvidos curiosos. Fomos para a barraca do uruguaio Milton Gonzalez, no posto 9, que faz o melhor sanduíche de linguiça do pedaço.

Disse ao meu amigo que não aguentava mais sofrer pelo América. Que estava velho e ainda queria ter algumas alegrias nesses alguns poucos anos que ainda teria pela frente, só que antes de morrer precisaria resolver os problemas americanos; e que Pai Jeremias adorou o projeto e o indicou para ajudar. E que teríamos de agir rápido.

Detalhei o plano.

Muita gente me cumprimenta assim:

Salve, Ameriquinha! Vamos lá, América! Saaangue!

Outros acham que escondo a paixão de torcedor, que

pode ser por qualquer outro time, menos para o América. Na cabeça deles, ninguém torce pelo América.

Até que têm alguma razão. Como pode alguém torcer por um time que sumiu — está na segunda divisão do Carioca e não consegue vaga nem na série D do Brasileiro — e não disputa campeonato de basquete, vôlei, futebol de salão e tampouco de peteca americana, aliás, esporte criado em Campos Sales?

A torcida murchou; sócios quase não existem, a sede foi lacrada e o tijucano não está nem aí para o time. E o estádio Giulite Coutinho é longe pra chuchu.

Como o América nos últimos tempos não ganha de ninguém e só dá tristeza, resolvi alegrar quem ainda traz o time da Tijuca no coração. E também para quem acha que o futebol é sonho e a maior invenção do homem, como acredita Mauro César Pereira.

Pai Jeremias me deu força e estímulo para conseguir o que parecia impossível. E com todo o respeito por Nelson Rodrigues, torcedor apaixonado pelo Fluminense que era, "adaptei" uma de suas frases mais fortes para também expressar a minha paixão pelo América:

Sou americano, sempre fui americano. Eu diria que já era América em vidas passadas. Antes, muito antes da presente encarnação.

Para trazer de volta as glórias do América, o único jeito seria ressuscitar os maiores personagens do clube: os melhores dirigentes, roupeiros, médicos, massagistas, técnicos, assistentes, treinador de goleiro, supervisor e, principalmente, os jogadores que fizeram história com a camisa rubra. Além da sede de Campos Sales.

Formaremos uma esquadra campeã, que também vingará derrotas históricas.

Chega de ser bonzinho, o segundo time de todo mundo! *Pau neles!* Será o lema.

Com a adesão de Pai Jeremias ao projeto, era só pôr mãos — muitas mãos — e forças mediúnicas à obra. A ideia era convocar uma turma tão porreta que, reunida, poderia criar um campo de forças suficientes para reviver os anos gloriosos do meu América. Usariam todo o arsenal espiritual e cósmico para isso dar certo.

Pai Jeremias indicou alguns nomes: Pai Santana, Joãozinho da Gomeia, Seu Sete da Lira, Padre Quevedo, Thomas Green Morton e Zé Arigó. Acrescentei o cigano Melquíades, Uri Geller, Robério de Ogum, Mãe Diná, Toninho Diabo e a vidente Zoraia.

Eu, particularmente, queria muito que Melquíades, o cigano que deixou a aldeia de Macondo embasbacada com suas histórias, mágicas e adivinhações, fizesse parte da turma. Perguntei ao Eric Nepomuceno, que traduziu *Cem anos de solidão* para o português, onde poderia encontrar o mago, mas ele foi categórico: desde a morte de Gabriel García Márquez, ninguém mais ouviu falar de Melquíades. Pena, ele que sobrevivera à pelagra na Pérsia, ao escorbuto na Malásia, à lepra em Alexandria, à peste em Madagascar, ao terremoto na Sicília e a um naufrágio no estreito de Magalhães, desapareceu com a morte de seu criador.

Uri Geller, que ficou famoso entortando garfos na televisão, até que se interessou, mas fez tanta exigência que quando listou *Cem garrafinhas de água extraída do aquífero localizado na antiga cratera vulcânica na ilha Viti Leru, no arquipélago Fiji, no oceano Pacífico*, mandei o cara catar coquinhos. Ridículo!

Enfim, depois de muitos telefonemas e troca de e--mails, fechamos com seis, contando Pai Jeremias: Pai Santana, Joãozinho da Gomeia, Seu Sete da Lira, Thomas Green Morton e Zé Arigó. Só faltava convencê-los da missão quase impossível. Rebarbaram: Robério de Ogum, Mãe Diná, Toninho Diabo, Padre Quevedo e a vidente Zoraia, além da impossibilidade de contar com o cigano Melquíades.

Hélio fez cara de interessado, arregalou os olhos, pista de que estava gostando. *E eles toparam numa boa?*

Não foi fácil, os caras resistiram, principalmente Zé Arigó, deram mil desculpas, disseram que era maluquice, coisas assim, mas toparam reunir-se para conversar sobre a tarefa, e pediram que fossem incluídos dois kardecistas para funcionar como conselheiros espíritas. Por sugestão de Edu Goldenberg, grande conhecedor da Tijuca e sua gente, convidei o negro Papu, antigo administrador do Centro Espírita para contatar o pessoal. Ele topou na hora.

E a pedido de Seu Sete, convoquei um terapeuta de vidas passadas, especialista em magia branca, um rosa-cruz e um ocultista representante da Igreja Gnóstica Cristã Universal. E para fazer ponte espiritual com todos eles ninguém melhor que o Pedro de Castro, velho cachaceiro, astrólogo e tarólogo mais afamado da Tijuca, que não hesitou em fazer parte da loucura.

Mãos à obra

Enquanto ouvia, Hélio alisava a enorme barba que já encostava ao peito da túnica surrada, tal qual o líder místico Antônio Conselheiro, seu ídolo. Meu amigo considerava o arraial de Canudos como o episódio mais significativo de nossa história, aliás, o visual beato era em sua homenagem. Hélio Palavrão se empolgou, e até já sabia por onde começar. E ele nem torcia pelo América!

Expliquei ao Hélio, que, ao contrário da regressão hipnótica, da reencarnação — que se dá geralmente em corpo de outra pessoa —, o pedido é para ressuscitar os craques, dirigentes e treinadores no auge de suas carreiras, do tempo em que o América tinha mais torcida até que o Botafogo.

Nada a ver com as histórias hilariantes do Luiz Antônio Simas como a do *artista plástico que foi ovo de codorna comido pelo poeta Olavo Bilac na Confeitaria Colombo*. Ou do *lutador de vale-tudo que descobriu que foi uma cigana sensual amante de um Vice-Rei e assassinada numa taberna em Sevilha*. Nada disso, nossa reencarnação era a sério.

Como eu ainda não tivera contato pessoal com nenhum dos escolhidos, a primeira coisa a fazer seria dividirmos as tarefas, nos encontrarmos com cada um dos participantes, destrinchar o projeto e finalizar os acertos. E depois de tudo, marcar uma reunião e viabilizar o plano.

Dividimos as tarefas: Hélio pôs imediatamente o seu bloco na rua e foi falar com Joãozinho da Gomeia, de quem era fã. Depois procuraria Zé Arigó e por último Thomas Green Morton. Pai Jeremias iria encontrar Pai Santana. Eu, menos tarimbado, ficaria só com Seu Sete da Lira incorporado na mãe de santo dona Cacilda de Assis.

Joãozinho recebeu Hélio no belo terreiro em Duque de Caxias, Baixada Fluminense. O mais afamado pai de santo do Rio estava, como sempre, muito elegante, parecendo um rei Nagô. Ele próprio desenha e costura suas roupas, fez questão de mostrar os armários repletos de luxuosas vestimentas que usa nas sessões.

Baiano de Inhambupe, Joãozinho caiu nas graças de Mãe Menininha do Gantois, mas, polêmico, exagerado, entrou em choque com outras mães de santo, acusado de transgredir ordens do culto, como a de aparecer em público com seu Orixá.

Joãozinho se mudou para o Rio e seu terreiro em Caxias criou fama e passou a ser frequentado por multidões vindas de todas as partes do Brasil e exterior. Ele incorpora a entidade indígena Caboclo Pedra Preta e se orgulha de ter recebido políticos importantes como o presidente Juscelino Kubitschek e artistas como Ângela Maria, a eterna rainha do rádio. Homossexual extravagante, grande bailarino, gosta de contar histórias como a do Carnaval de 1954 quando foi ao baile do Municipal fantasiado de "Vedete Arlete". A Federação Umbandista caiu de pau, mas, mais de meio século depois ele continua segurando a onda. A entidade que Joãozinho incorpora, Caboclo Pedra Preta foi homenageado com uma música de Baden Powel e Vinicius de Moraes, "Canto de Pedra Preta", gravado no antológico álbum Os Afro-Sambas de 1966.

Pandeiro não quer que eu sambe aqui/ viola não quer que eu vá embora/ Olô, pandeiro, olô, viola/ Olô, pandeiro, olô, viola/ pandeiro quando toca faz Pedra Preta chegar/ viola quando toca faz Pedra Preta sambar/ o pandeiro diz: Pedra Preta não samba aqui não/ a viola diz: Pedra Preta não sai daqui, não.

Joãozinho confirmou apoio e disse para eu ficar tranquilo: faria tudo o que fosse possível, porque tem a maior simpatia pelo América desde que viveu um *love* com Cacetão, jogador que passou rapidamente por lá.

Cacetão, que nasceu na antiga Guiana Inglesa, e se chamava Norman Joseph Davis, não era grande coisa como jogador, mas ficou famoso pelo Brasil afora por atuar em times de quase todos os cantos do país. Era da seleção paraense quando jogou no Maracanã contra a seleção carioca em 1957 pelo extinto Campeonato Brasileiro de Seleções, com goleada carioca de 6 a 0. Cacetão fazia dupla com Pau Preto, e pode-se imaginar como foi a transmissão pelo rádio... Os locutores morriam de rir.

Seu Sete e Luz del Fuego

Hélio voltou empolgado com Joãozinho da Gomeia. E, enquanto esperava retorno do Seu Sete da Lira que ficou de ligar agendando a entrevista, foi ao Teatro Zaquia Jorge, em Madureira, encontrar uma velha amiga, a magnífica vedete Luz Del Fuego, que se exibia lá todas as noites, nua, enrolada em duas enormes jiboias.

Zaquia Jorge, dona do teatro, morreu afogada na Barra da Tijuca e era uma personagem tão importante da noite carioca que até ganhou música em sua homenagem no Carnaval de 1958, cantada até hoje: "Madureira chorou", composição de Carvalhinho, torcedor fanático do América e Júlio Moreno, viúvo de Zaquia. Diz assim:

Madureira chorou, Madureira chorou de dor/ quando a luz do destino/ obedecendo ao divino/ a sua estrela levou.

Luz, adepta do naturismo, só andava pelada. Era tão famosa que nos anos 1950 foi capa da revista americana *Life*. E no dia do seu aniversário, 21 de fevereiro, é comemorado o dia do naturismo.

Hélio Palavrão procurou Luz del Fuego porque a reunião deveria ser cercada de toda a discrição do mundo e ela tinha um local apropriado para isso. Fechou com ela o aluguel da Ilha do Sol por três dias, residência da estrela, lugar ao qual poucas pessoas têm acesso, não tem energia elétrica e só se chega de barco. E também onde se é obrigado a andar nu.

Na época áurea da Ilha passaram por lá Brigitte Bardot, Glenn Ford, Tyrone Power, Errol Flynn e a esplendorosa Ava Gardner. Todos pelados. A famosa atriz dos peitos grandes, Jayne Mansfield, e o marido foram barrados porque não quiseram tirar a roupa. Os bailes de Carnaval na ilha eram disputados a tapa. Hélio foi a um deles e lá conheceu Luz del Fuego.

Fui de trem ao centro de Seu Sete da Lira, em Santíssimo, Zona Oeste da cidade, enquanto Hélio viajava para Congonhas do Campo, Minas Gerais, para se encontrar com o médium Zé Arigó. Pai Jeremias foi ao encontro de Pai Santana. E Thomas Green Morton seria o último a ser procurado, em um sítio em Valença, interior do Rio de Janeiro.

A mãe de santo Dona Cacilda de Assis, que incorpora Seu Sete da Lira, me esperava numa sala escura que ficava nos fundos do terreno. Estava a caráter: toda de preto, botas, capa e cartola. Parecia o Mandrake. Antes de encontrá-la, passei por uma multidão que aguardava a sessão de incorporação de Exu por Seu Sete da Lira. O centro, um prédio alto, sujo e cheirando a incenso e vela derretida era muito visitado por políticos e artistas famosos como Freddie Mercury, o grupo Kiss e Tim Maia.

A mãe de santo explicou que estava em dúvida quanto ao pedido, mas topava encontrar-se com o pessoal na Ilha do Sol. Percebi que ela ficou curiosa.

Meu espírito de repórter não resistiu, acabei perguntando se era verdade que na ditadura ela foi proibida de aparecer na tevê depois da lambança nos programas do Chacrinha e do Flávio Cavalcanti, quando entornou goela abaixo um litro de cachaça e fez técnicos, câmeras e bailarinas receberem entidades. E também se Dona Cyla, mulher do ditador Médici, vendo o tal programa pela tevê, entrou em transe, pediu champanhe e uma rosa e recomendou ao marido que não se metesse com quem não podia.

Meio sem graça, mas com risinho no canto da boca, Dona Cacilda confirmou.

É tudo verdade. Meus poderes são enormes. Fui proibida em nome da moralidade e dos bons costumes, acusada de praticar baixo espiritismo e favorecer o charlatanismo. Um absurdo!

Pai Jeremias voltou animado do encontro com Pai Santana. O velho macumbeiro topou sem pestanejar. Só exigiu que nada prejudicasse o Vasco, seu time do coração. Como era amigo do peito de Pai Jeremias e admirava Joãozinho da Gomeia, embarcou de cara no projeto.

Pai Santana se orgulhava de ser responsável pelo título do Vasco no Brasileiro de 1974. Ele dizia ter uma simpatia infalível que era colocar alguns ovos frescos no gramado antes dos jogos. Foi quando Perez, um meia português emprestado ao time cruz-maltino, escorregou num deles, torceu o pé e foi substituído por Ademir, reserva que quase não jogava, só que ele entrou e fez o primeiro gol da vitória de 2 a 1 contra o Cruzeiro.

Pai Santana lutou boxe na juventude e trabalhou muito tempo como massagista do Vasco e da seleção brasileira. Topou funcionar como secretário do grupo. E avisou que já ia estocar grande quantidade de velas, incensos e defumadores.

Podem contar comigo! Tô dentro.

Hélio contou que a conversa com Zé Arigó foi curta

e seca. O médium não é de muito papo. Ele faz cirurgias e curas utilizando facas e canivetes com a entidade de Doutor Fritz, médico alemão morto em 1918 durante a Primeira Guerra Mundial. Entre um e outro atendimento — milhares de pessoas acampam na porta de sua casa para conseguir uma consulta —, Zé Arigó se mostrou cético quanto ao sucesso do projeto, mas como é *algo inusitado, desafiador*, topou ir à reunião trocar ideias.

Faltava encontrar Thomas Green Morton. Hélio foi até o sítio onde ele vive, em Valença, e voltou desanimado:

Mascarado e metido a besta, disse Hélio.

Mas como contou muita vantagem, Hélio achou que ele poderá ajudar. Thomas tem mancha vermelha no meio da testa, que chama de a terceira visão e se gaba de entortar garfos e facas. Ele conta que aos doze anos, enquanto pescava, foi atingido por um raio e a partir daí descobriu poderes inacreditáveis. O grito de *Rá*, segundo ele, serve para energizar as pessoas.

Thomas Green Morton anda meio caído, mas mantém seguidores espalhados por todo canto. No auge do sucesso, Tom Jobim, Elba Ramalho, Gal Costa e Baby do Brasil o tinham como guru. Em compensação, muitos o consideram charlatão e ilusionista barato, como Gilberto Gil, que nunca acreditou nos seus poderes e até compôs "Dança da Shiva" para desmistificá-lo.

Repare a dança de Shiva/ enquanto a reta se curva/ cai chuva de nuvem de pó/ fraude do Thomas/ repare a fraude do Thomas/ os deuses estão todos em coma/ enquanto Exu não dá nó.

Pensei em desconvidar Thomas Green, mas Pai Jeremias me convenceu a mantê-lo, justificando que *quanto mais gente diferente, melhor.*

Todo mundo nu

O homem vive mais de enganos do que de verdades.
Nada mais importante para todos que a ilusão.
Nelson Rodrigues

Enfim, foi marcada a reunião na Ilha do Sol.

Éramos quinze. Hélio Palavrão, Pai Jeremias, Pai Santana, Joãozinho da Gomeia, Seu Sete, Thomas Green Morton, Zé Arigó; os kardecistas João Ferreira e Juvenal; o rosa-cruz Betinho; doutor Salim, o terapeuta de vidas passadas; Tinoco, da Igreja Gnóstica Cristã, Papu e Pedro de Castro e eu.

Madrugada fria e chuvosa, o nevoeiro não nos deixava ver nada à frente, mas os barqueiros que guiavam as três lanchas fretadas na Praça 15 pareciam experientes. Seguimos de mansinho.

A viagem curta demorou mais do que o normal, mas meia hora depois da partida ancoramos na ilhota, em plena Baía da Guanabara, plantada no meio do trajeto das barcas que seguem para Niterói e Paquetá. Fomos recebidos pelo caseiro, o mulato Matinhos, completamente nu. Dali a pouco apareceu Luz Del Fuego com seus dois enormes cães, Castor e Carlos Lacerda. Apesar de cinquentona, ainda tinha um corpo de dar inveja a muita menina: pernas grossas, cintura fina, cabelos até a cintura, sorriso aberto. A estrela tinha brilho próprio. Orgulhava-se de sua ilha e de mantê-la do jeito que concebeu apesar dos protestos moralistas.

Estávamos na propriedade de Dora Vivacqua, *a única, a exótica, a mais sexy bailarina das Américas*, a grande vedete Luz del Fuego, que com a concessão que ganhou da Marinha, transformou os oito mil metros quadrados da ilha Tapuama de Dentro em Ilha do Sol e montou ali o primeiro centro nudista do país. Dizem que Luz seduziu o ministro da Marinha para ganhar a posse da ilha.

Palavrão ganhou a confiança de Luz del Fuego — sempre foi bom de papo —, conseguiu preço razoável pelo aluguel, mas não conseguiu convencê-la de que os visitantes não precisariam ficar nus. Também nós dois tivemos que tirar a roupa toda.

Nuzinho em pelo, no meio da enorme sala escura, meio suja, toda decorada com fotos de Luz del Fuego em palcos de teatro de revista e em cenas do filme *Curuçu, o terror do Amazonas*, onde ela faz ponta como uma índia muito sexy, abri os trabalhos agradecendo a presença de todos, e ressaltando que, se tudo desse certo entraríamos para a história do país e da humanidade. Recomendei que o fundamental era jamais contar a quem quer que fosse ou falar o que ocorreria naquela ilha dali para a frente. Hélio e eu voltaríamos em três dias, tempo que os convidados estipularam para chegar a alguma conclusão.

Enquanto o grupo se reunia na ilha, Hélio Palavrão e eu mal conseguíamos dormir. Instalamo-nos no bar mais vascaíno da Tijuca, o Bode Cheiroso, pertinho do Maracanã e enchíamos a cara até de madrugada para capotar assim que chegássemos em casa. Era um *chá de macaco* atrás do outro. A receita é do Bigode, que se aposentou outro dia: conhaque São João da Barra, licor de mel Dubar, limão com casca e sem miolo, açúcar e gelo, tudo batido.

O que nos deixava de pé eram as imbatíveis sardinhas fritas e o caldo de mocotó.

O papo no Bode Cheiroso era invariavelmente sobre futebol. Não é pra menos, já que o bar fica ao lado do Maracanã, mas ninguém ali falava do América, porque há muito tempo ele deixou de ser o time do bairro.

Os velhos tijucanos ou morreram, ou foram viver em Marte ou se mandaram para a Barra, a Miami carioca. E quem veio morar na Tijuca, vindo de várias estações suburbanas, já chegou com o coração comprometido. Sobraram alguns malucos, além de Mestre Aldir e o velho pai, Cecéu, como Edu Goldenberg, Luiz Antônio Simas e Felipinho Torreira Cereal que, agarrados às raízes, resistem bravamente, molhando e lambendo os beiços com delícias que descobrem por lá. Tristeza: de todos esses tijucanos da gema, só Felipinho Cereal é América.

Se a gente ainda desse no couro, pegávamos um táxi e íamos até a Almirante Gonçalves, em Copacabana, tomar a última com o Alfredinho no Bip Bip. Lá, ficávamos ouvindo samba e papeando sobre futebol e política até de manhã. Só não podia falar mal do Botafogo, time do Alfredinho.

A tensão era enorme, propusemos uma tarefa absurda, que ninguém imaginaria propor a um grupo tão respeitável no meio exotérico. E até eu, que tive a ideia, não acreditava completamente no sucesso da empreitada. Era querer demais, mas não custava tentar.

— *Será o Benedito, Hélio?*

— *É* — respondia Palavrão, confiante.

Iansã passou por lá

Como combinado, três dias depois voltamos à ilha de Luz del Fuego, e mal acreditamos no que estávamos vendo, parecia que um tsunami tinha passado por lá: tudo fora do lugar, jardins destruídos, bancos virados, árvores caídas, um horror. Eu, meio paralisado com o cenário de destruição, pouco afeito ao naturismo, levei uma camisa do América de presente para a famosa estrela. Ela, para agradar, vestiu imediatamente o manto vermelho por cima dos peitões e pôs-se a circular pela ilha vestida com a camisa rubra, que não escondia a bundinha, enquanto colocava as coisas em ordem. Teria muito trabalho pela frente, a ilha estava devastada.

Luz era uma mulher acostumada a desafios e a dar a volta por cima das adversidades: foi internada várias vezes em manicômios por seus próprios familiares, impedida de fundar o PNB (Partido Naturalista Brasileiro), e sofria o escárnio de religiosos e de parte da sociedade. Por ser destemida e guerreira ganhou música de Rita Lee, gravada por Cássia Eller e pela própria Rita.

Eu hoje represento a loucura/ mais o que você quiser/ tudo que você vê sair da boca/ de uma grande mulher/ Porém louca!/ Eu hoje represento o segredo/ enrolado no papel/ como Luz Del Fuego/ não tinha medo/ ela também foi pro céu, cedo!

Luz contou que foram três dias de tempestade, trovões, mais de dois mil relâmpagos faiscaram exclusivamente sobre a pequena ilha, número que surpreendeu o Instituto Nacional de Pesquisas Espaciais, que considerou o acontecido como o maior fenômeno meteorológico dos últimos cinquenta anos. Ventos com velocidade de mais de oitenta quilômetros, um ciclone na verdade, arrancaram telhas, arrebentaram janelas e derrubaram árvores. Ondas gigantescas invadiram parte da ilha, alagando a casa e o salão.

Parecia que Iansã, rainha dos raios e tempestades, e que controla os espíritos dos mortos, passeara por lá, rodopiando seu vestido vermelho ao vento. O tráfego das barcas foi interrompido, os voos do aeroporto Santos Dumont cancelados e a ponte Rio-Niterói interditada. No ar aquela inconfundível catinga de enxofre.

Luz del Fuego estava apavorada:

— *Mas o que esses caras vieram fazer aqui, meu Deus? O Joãozinho eu conheço, é um cara legal. Mas coisa boa não deve ser. Só não quero confusão para o meu lado. Isso não está cheirando bem.*

Ela estava tão nervosa que nem nos mandou tirar a roupa. Expliquei que era reunião de gente do bem, que não se preocupasse. Disse que era um pedido extremamente difícil, mas não havia maldade alguma, por isso, convocara pessoas poderosas. Luz fez cara que acreditou, pois ordenou que ficássemos todos nus e saiu pela ilha balançando a bunda branca.

A turma de convidados me esperava ansiosa.

Pai Santana, porta-voz do grupo abriu a conversa:

— *Vocês pediram algo quase impossível. Passamos dois dias sem saber o que fazer, ficamos até com raiva de vocês. Quando já estávamos quase desistindo, veio a luz. Aí juntamos as mãos, oramos, acendemos velas e incensos e clamamos aos céus. Cada um do seu jeito, cada um com a sua crença. Seu Sete passou mal, pensamos que ele fosse ter um troço. Joãozinho vomitou até as tripas. Thomas fez tanta força para enxergar alguma coisa, que cagou nas calças. Zé Arigó só falava em alemão. Pai Jeremias gritava "Saaangue! Saaangue!". E eu acendi todo o meu estoque de velas pra ver se as coisas se acalmavam...*

— *Sei, Pai Santana, e aí, vai dar certo?*

— *Incrivelmente, vai. Mas temos que acertar alguns detalhes importantes.*

Eu e Hélio nos abraçamos. *Não falei, não falei, porra!*, gritava Palavrão. *Agora é correr para o abraço!*

Pai Jeremias interrompeu a euforia e iniciou a lista dos senões para a tarefa sair direito. E alertou:

— *Esse negócio de ressuscitar e reencarnar é muito complicado. Uma coisa é uma coisa, outra coisa é outra coisa. Mas, no caso aqui, praticamente dá no mesmo!*

Os ressuscitados

Por aclamação, quatrocentos associados do América Football Club me elegeram o seu sexagésimo presidente. A posse seria no teatro do Instituto de Educação, vizinho à sede lacrada de Campos Sales, alugado especialmente para a posse da nova diretoria. Alguns dias antes, pedi demissão da ESPN onde fui diretor e comentarista esportivo por dezessete anos para poder me dedicar inteiramente à realização do meu sonho.

A carta para a ESPN foi breve. Fiz agradecimentos de praxe, exaltei amizades que amealhei e dei o toque que ficassem de olho. Tinha certeza de que não os desapontaria, pelo contrário, teriam orgulho de mim.

Alguns dias depois da eleição, pedi a Felipinho Cereal que juntasse quatro ou cinco americanos fanáticos como ele e fizesse uma lista com os vinte e cinco maiores jogadores e treinadores do América de todos os tempos. Nem a ele contei do que se tratava. Queria surpreender todo mundo.

Felipe entregou a relação dois dias depois. Esqueci de avisar que não era para colocar jogadores muito antigos e tinha um monte deles: **Marcos Carneiro de Mendonça**, goleiro campeão em 1913, titular durante anos da seleção brasileira e inventor da pegada à Mendonça, só com uma das mãos; **Belfort Duarte**, zagueiro capitão do campeonato de 1913; **Amílcar Teixeira Pinto**, autor do primeiro gol, em 1906, contra o Bangu na derrota por 6 a 1; **Carola**, meia clássico, campeão em 1931 e 1935; **Oswaldinho**, ídolo nos anos 1920 e convocado várias vezes para a seleção brasileira, e **Chiquinho**, artilheiro-mor no amadorismo.

Fechei a lista dos craques, só deixei de fora os mais antigos e entreguei ao Pai Santana, como havíamos combinado. Ainda na Ilha do Sol tinham nos avisado que depois da lista entregue ainda levariam uns dois meses para trazer todos de volta ao mundo. E teria que ser aos poucos, para não dar problema. A lista ficou assim:

Goleiros — Pompeia e Ari, campeões de 1960.

Lateral direito — Jorge, autor do gol decisivo em 1960 diante do Fluminense, e Orlando Lelé, que fez nome jogando no Vasco, Santos e Coritiba.

Lateral esquerdo — Ivan, também campeão em 1960.

Zagueiros — Djalma Dias, Wilson Santos e Sebastião Leônidas, campeões em 1960, e, o último, depois grande ídolo no Botafogo. E Alex, jogador que mais vestiu a camisa do América: 673 vezes.

Meio de campo — Amaro e João Carlos, campeões de 1960, e Ivo e Bráulio, campeões da Taça Guanabara de 1974.

Atacantes — o ataque do tico-tico no fubá, China, Maneco, César, Lima e Jorginho, que nos anos 1940 preferia driblar e trançar pra lá e pra cá, em vez de marcar o gol; o ataque do vice-campeonato de 1955, Canário, Romeiro, Leônidas, Alarcon e Ferreira, derrotado pelo Flamengo em melhor de três, no Maracanã, em janeiro de 1956, diante de mais de 160 mil torcedores, inclusive o recém-eleito presidente Juscelino.

E os grandes ídolos Edu e Luizinho, campeões da Taça Guanabara de 1974, e maiores artilheiros rubros de todos os tempos, além do ponta-esquerda Eduardo, que acabou no Corinthians.

Alarcon, craque argentino, que teve a perna quebrada pelo zagueiro Tomires, o *Cangaceiro*, na final contra o Mengo, deixando o América com dez jogadores desde o primeiro tempo, passou por avaliação médica e foi dispensado. Desapareceu em meio a enorme fumaça azulada e deixando tremendo cheiro de enxofre no ar. O ponta-esquerda Ferreira também não ficou no grupo, preferiu a paz definitiva do cemitério de Três Rios.

Oito deles continuavam aqui no nosso mundo: Alex, Sebastião Leônidas, Ivo, Bráulio, João Carlos, Canário, Edu e Luizinho. *Dá para ressuscitar toda essa gente?*

— *Dá* — respondeu Pai Jeremias em nome do grupo. Os dois kardecistas concordaram com a cabeça. — *Mas anota aí o que é possível e o que não é*:

1) *Não dá para trazer todos de uma tacada só. É perigoso e complicado. Tem de ser aos poucos. Na maciota.*

— Tudo bem — respondi —, na leva inicial pode trazer o patrono Giulite Coutinho e o presidente Wolney Braune, meio maluco, mas que pode ser um bom diretor de futebol. Assim, enquanto o time se completa, eles vão tocando a história do estádio de futebol voltar pra Tijuca.

2) *Os jogadores, vinte e cinco no máximo, vão voltar no auge de suas carreiras, mas só poderão treinar e jogar, não poderão ter contato com ninguém a não ser a comissão técnica, os médicos, o Hélio e você. Também não poderão dar entrevistas e nem falar com a família. Só vão vir mesmo pra treinar e jogar.*

3) Não dá para reviver jogadores muito antigos, como os campeões de 1913, 16, 22, 28, 31 e 35. Daria trabalho dobrado trazê-los, talvez impossível. Então vamos só trazer o pessoal do tempo do tico-tico no fubá dos anos 1946, para cá. O.k.?

4) Temos que ressuscitar com cuidado os jogadores que tiveram morte trágica. Como o Maneco, o Saci de Irajá, que se suicidou. Também o ponta-esquerda Eduardo, que morreu em desastre de carro quando jogava pelo Corinthians; o Ivan, lateral-esquerdo campeão de 1960, que se afogou na Barra da Tijuca logo depois de ser vendido ao Botafogo. E Pompeia, o Constellation, o goleiro voador, também campeão em 1960, que morreu como indigente. Vamos tentar, mas alguma coisa pode dar errado.

5) Os que estão vivos, mas velhos e aposentados como Edu, Ivo, Alex, Bráulio e outros terão que sumir de onde moram, ficar escondidos em algum lugar, passar por uma recauchutagem para ressurgir em plena forma.

6) Como colher de chá dá para ressuscitar Lamartine Babo, o autor do hino, e o Manuel Coelho Mendes, o Manduca, torcedor-símbolo do América, que guiava pela cidade sua bicicleta-baú enfeitada com flâmula. Os dois terão uma vantagem sobre os jogadores: vão poder falar com todo mundo, dar entrevistas e sair por aí.

7) Alguns jogadores dos times adversários serão reencarnados. Surgirão na hora do jogo, desaparecendo sem mais nem menos.

O bordel das normalistas

A posse da nova diretoria do América, em 20 de janeiro, dia de são Sebastião, padroeiro do Rio de Janeiro, foi uma das maiores confusões já vistas por aquelas bandas. Aconteceu na mesma hora em que passava a procissão com os fiéis carregando pelas ruas da Tijuca a imagem de são Sebastião rumo a Igreja dos Capuchinhos.

Com a sede de Campos Sales lacrada, o jeito foi fazer a festa no Max Nunes, o teatro do Instituto de Educação, belo prédio neocolonial inaugurado nos anos 1930, criado especialmente para formar professoras para escolas primárias públicas, ideia do educador Anísio Teixeira, mestre de outro grande educador, Darcy Ribeiro.

Havia uma multidão no dia da posse, mas para a minha decepção, desconfio que a maioria foi lá, não para prestigiar a nova diretoria, e sim para conhecer as entranhas do Instituto, que, durante décadas, preencheu o imaginário masculino com pensamentos libidinosos. Nem as vedetes do teatro rebolado, nem as artistas do cinema, nem as garotas de Ipanema, nem as misses das páginas de *O Cruzeiro* davam tanto tesão como as normalistas.

Nelson Rodrigues, também obcecado por elas, expõe na peça *Perdoa-me por me traíres*, o famoso bordel das normalistas. Dalton Trevisan em *Que fim levou o vampiro de Curitiba*, a certa altura pergunta *que fim levou o bordel encantado das normalistas, a luz vermelha na porta aberta para o quarto de espelhos onde desfilam as virgens loucas de gravatinha rosa, blusa branca, saia azul?* Aldir Blanc, outro tarado, jura que o bordel existiu, pelo menos nas nossas mais loucas fantasias.

Centenas de normalistas de saia curta preguedada, blusa branca e gravatinha, meias três-quartos e sapatos pretos bem engraxados, acomodaram-se nas poltronas. A um sinal, todas se levantaram e num coro bem ensaiado cantaram "Normalista", sucesso de Nelson Gonçalves, enquanto o telão exibia fotos das ex-alunas Tônia Carrero e Marieta Severo em suas melhores formas e de Malu Mader, que fez papel da normalista Lurdinha em *Os anos dourados*, do tijucano Gilberto Braga.

Vestida de azul e branco/ trazendo um sorriso franco num rostinho encantador/ minha linda normalista/ rapidamente conquista/ meu coração sem amor.../ Mas a normalista linda/ não pode casar ainda/ só depois que se formar/ eu estou apaixonado/ o pai da moça é zangado/ e o remédio é esperar.

Então a cortina do palco se abriu e apareceram, sorridentes, os diretores Giulite Coutinho e Wolney Braune, o técnico Martim Francisco, o assistente Jorge Vieira, o supervisor Otto Glória, o médico Mário Marques Tourinho, o massagista Olavo, o roupeiro Gessy, o treinador de goleiros Osni, e o preparador físico húngaro Gyula Mandi. E também Lamartine Babo e Manduca.

A plateia não sabia se aplaudia, gritava ou saía correndo. Começou o maior bafafá.

A torcedora-símbolo, tia Ruth, noventa anos, gracinha, de lenço vermelho no pescoço, desmaiou; dezoito conselheiros, todos velhinhos, também. As pessoas choravam, gritavam, agarravam-se umas às outras, se abanavam. Logo chegaram ambulâncias e bombeiros.

Quando a notícia dos ressuscitados chegou à procissão, fiéis abandonaram o andor de são Sebastião no meio da rua e correram para o teatro. Emissoras de televisão surgiram como que por milagre com seus links para entradas ao vivo. O primeiro a chegar foi Jacinto Figueira Jr., *o homem do sapato branco*. Zé do Caixão e Gil Gomes logo em seguida. Datena gritava *me dê imagens, me dê imagens*.

Moradores do bairro largaram suas casas e se mandaram para lá. Como era feriado, os alunos do Colégio Militar, Instituto Lafayette, Instituto Guanabara, Orsina da Fonseca, Escola Técnica, Pedro II, Colégio Batista e São José também puderam ir ver o que se passava. A Rua Mariz e Barros virou um pandemônio. As normalistas corriam apavoradas de um lado para o outro, não por causa dos ressuscitados, mas porque marmanjos se aproveitavam do furdunço e tentavam agarrá-las no meio da rua.

O trânsito engarrafou a Tijuca da Praça da Bandeira ao Alto da Boa Vista, se espalhou para outros bairros e até o centro da cidade ficou um caos. Os motoristas largavam os carros no meio das ruas e corriam para o teatro. Fiéis apavorados se refugiavam nas Igrejas de Santa Teresinha, Capuchinhos, Santo Afonso, Bom Pastor e São Francisco Xavier do Engenho Velho.

O pessoal do Borel, Formiga, Macaco, Turano, Casa Branca, Querosene e Salgueiro desceu o morro e rumou a pé pra lá. O Exército foi convocado. Os seguranças que Hélio Palavrão contratou não deram conta. Chegaram reforços da Polícia Militar e da Guarda Municipal. Houve quebra-quebra nas ruas em volta e o prefeito decretou estado de calamidade pública.

Eu havia imaginado que alguma coisa parecida pudesse acontecer, mas não nesse nível. Tinha até mandado imprimir um folheto explicando que, com a volta do estádio para Campos Sales, também uma nova sede social seria construída ao lado. Porém não houve clima, nem pra distribuir os folhetos e muito menos para falar. Caos total.

De repente, os ressuscitados sumiram envoltos numa fumaceira danada. Todos, menos Lamartine Babo e Manduca que logo foram cercados pelos fiéis que largaram a procissão, jornalistas, estudantes e as normalistas que conseguiram se livrar do agarra-agarra.

Lamartine que já tivera tempo de tomar umas e outras e empolgado com a ressurreição, dava entrevistas e prometia refazer todos os hinos que compôs para os clubes cariocas. Fiquei preocupado:

— *Não te mete a besta, Lalá. Se tiver que refazer, refaça o do América, que é plágio danado. Ou não sabe que depois que você se foi, descobriram que é o "row, row, row", do musical da Broadway Ziegfield Folies e virou música oficial dos remadores de Oxford?*

Lalá ficou sem graça, sussurrou que eu estava certo e logo mudou de assunto:

— Ainda tocam minhas músicas no rádio? "Chegou a Hora da Fogueira" e "Isto É lá com Santo Antônio" fazem sucesso?

Confessei que agora só tocam suas músicas nas festas juninas escolares, que ninguém mais dá bola pra santo Antônio, são João e são Pedro, mas fui interrompido pela dona Luíza do Acarajé:

— Só se for aqui no Rio, seu Trajano, porque lá na minha Bahia a festa de São João é até mais importante que o Natal!

Com o que todos os presentes nascidos do estado do Espírito Santo para cima concordaram efusivamente.

Lalá estava preocupado com a confusão, tinha ingresso para assistir *Sassaricando*, o musical de Sérgio Cabral, pai, mas não sabia se conseguiria chegar a tempo.

Manduca, de camisa retrô do América, todo prosa, pegou uma bicicleta de dez marchas emprestada e saiu pedalando em direção ao Centro.

Só de madrugada as coisas começaram a se acalmar, mas na cidade inteira não se falava sobre outro assunto.

Confusão na Afonso Pena

Quando divulguei a lista dos vinte e cinco jogadores no *Jornal dos Sports* avisando dia e local da apresentação e registrei os contratos na Federação Carioca de Futebol, foi outro forrobodó. Virou noticiário no mundo inteiro. A Fifa, em nota oficial, repudiou a iniciativa e proibiu o campeonato com mortos-vivos.

O cardeal Oriani escreveu artigo em *O Globo* conclamando torcedores católicos do América a mudar de time, virar casaca, *porque é claro que há interferência do diabo — símbolo do clube — nas coisas para lá de estranhas que estão acontecendo na tradicional agremiação da Tijuca.*

Eu fugia da imprensa. Os repórteres faziam plantão na porta do velho prédio na Afonso Pena, onde aluguei um apartamento e havia morado na infância. A mesma rua onde também viveram dois famosos cantores e torcedores do América: Tim Maia, cujo pai era dono de pensão e ele dava uma força entregando marmitas na vizinhança; e Mário Reis, o Bacharel do Samba, filho de Raul Meirelles Reis, que foi presidente do América nos anos 1920. Os jornalistas queriam detalhes da loucura. Eu fugia deles.

Magia negra, *Charlatanismo*, *Zumbis e Hereges* estampavam as manchetes dos jornais. Quando falava com a imprensa, continuava plagiando Nelson Rodrigues — e era tudo o que eu dizia. Virei uma mistura de Odorico Paraguaçu com Rolando Lero. Passei até a fumar charutos e usar terno branco com gravata vermelha, as cores do clube.

A morte não exime ninguém dos seus deveres clubísticos.

O que nós procuramos no futebol é o sofrimento. As partidas que ficam, que se tornam históricas, são as que mais doem na carne, na alma.

E anunciei a apresentação dos jogadores ressuscitados para dali a sete dias, uma quinta-feira, às três da tarde.

Chegou o dia na Praça Afonso Pena. Desde cedo as pessoas foram chegando e se acotovelando para receber jogadores e dirigentes ressuscitados. Na hora marcada havia, de acordo com os cálculos da Polícia Militar, trinta mil pessoas.

A confusão me transportou para os anos 1960, do rebuliço que acontecia em dias de jogos. Os torcedores faziam algazarra, agitavam bandeiras e bandas de música tocavam marchinhas de carnaval sem parar. Enormes filas se formavam do lado de fora para comprar ingressos. Os carros passavam buzinando, os bondes e os ônibus despejavam centenas de pessoas de camisa vermelha nas ruas vizinhas. Nas calçadas em volta do estádio, dezenas de camelôs vendiam lembranças do time — caixas de fósforo, fotografias, flâmulas, bandeiras, escudos. E rojões espocavam a todo instante.

Na redondeza só um canto se ouvia, o hino do América.
Hei de torcer, torcer, torcer
Hei de torcer até morrer, morrer, morrer
Pois a torcida americana é sempre assim

A começar por mim
A cor do pavilhão é a cor do nosso coração
Em nossos dias de emoção
Toda a torcida cantará esta canção
Tra-la-la-la-la-la/ tra-la-la-la-la/ la-la-la-la-la.
Campeões de 13, 16 e 22
Tra-la-la
Temos muitas glórias/ surgirão outras depois
Tra-la-la
Campeões com a pelota nos pés/ fabricamos aos montes aos
[dez
Nós ainda queremos muito mais.

Tínhamos um time, um campo. E uma torcida e um bairro inteiro torcendo por nós.

A Tijuca, orgulhosa, entrava em êxtase, encerrando a cantoria:

América unido vencerás.

No coreto e passarela que Hélio Palavrão mandara construir especialmente para a ocasião, os craques revividos desfilavam ao som da banda do Corpo de Bombeiros. Jorge Perlingeiro, dono daquele vozeirão que lê as notas do desfile das escolas de samba (*dez, nota dez*), apresentava os jogadores solenemente, e a plateia delirava.

Mas nem tudo foi festa. Com a notícia de que o estádio voltaria para o bairro, alguns moradores levaram faixas e cartazes agressivos contra a futura obra e um grupo de torcedores se engalfinhou com eles. O pau quebrou e a polícia lascou porrete nos brigões. Alguns saíram feridos gritando *Saaangue! Saaangue!*, grito de guerra da torcida, inventado por Tiziu, torcedor meio maluco dos anos 1970, enquanto os moradores revidavam *Fora, América maldito*; *Isso é coisa do diabo!*

Como acontecera no teatro, também na Praça Afonso Pena teve gente que passou mal. Tia Ruth, coitada, foi levada às pressas para o hospital mais próximo, o charmoso Gaffrée Guinle, e passou a semana internada. Não parava de chorar de tanta emoção. Cinquenta torcedores idosos precisaram ser atendidos por ambulâncias que cercavam a praça.

Um grupo de black blocs destruiu estátuas, o carrinho de pipocas do Seu Manoel e de outros ambulantes que vendiam água de coco e mate. Só não acabaram com a barbearia América e o bar Apertadinho, porque Felipinho Cereal e Edu Goldenberg juntaram uma turma e fizeram corrente na frente dos estabelecimentos. O velho barbeiro "seu" Ernesto, que depois da confusão se aposentou, entregou as chaves para o empregado mais antigo, Raul, e foi morar em Portugal.

A gritaria era ensurdecedora. As pessoas se ajoelhavam, choravam, pulavam, como se estivessem em transe.

Lamartine Babo, fantasiado de diabo — chifre, rabo e tridente na mão — fazia sinal de positivo para a multidão e para o maestro da banda, que programou repertório especial para agradá-lo só com marchinhas compostas por ele: "O teu cabelo não nega"; "A.E.I.O.U"; "Joujoux e balangandãs" e "Cantores do rádio", além do hino do América, é claro. Tudo em ritmo de axé que Lamartine achou engraçado e aprovou.

Manduca se declarou fã do metrô. A bicicleta foi roubada logo na primeira saída e ele voltou da cidade no *trem debaixo da terra* e achou a viagem uma delícia.

Estou velho para pedalar. E também para ser roubado. Agora só quero saber do tal metrô, repetia o torcedor-símbolo.

Pompeia fez o maior sucesso: de peito nu e calça colante se exibiu com saltos acrobáticos em dois trapézios instalados no palco feito especialmente para ele que foi trapezista antes de ser goleiro. João Carlos e Bráulio ficavam horas fazendo embaixadinhas sem deixar a bola cair. Leônidas da Selva plantava bananeiras. Maneco, tímido, ficou escondido debaixo de uma mesa.

Edu foi aplaudidíssimo assim como Luizinho, com sua enorme cabeleira esvoaçante. Amaro ganhou claque de Campos, sua terra natal, e de tantos outros craques como o extraordinário Didi; o possesso Amarildo; o zagueiro Pinheiro, do Fluminense; o atacante Evaldo, companheiro de Tostão no Cruzeiro; o apoiador Denilson, o Rei Zulu do Fluminense e o ponta-esquerda Tite, que fez dupla com Pelé no Santos.

Os jornalistas campistas Péris Ribeiro e Celso Cordeiro levaram faixa: *"Campos, cidade de craques, se emociona com a volta de Amaro"*.

Da mesma forma que dirigentes e comissão técnica desapareceram no teatro Max Nunes, os jogadores sumiram da Praça Afonso Pena em meio a espessa fumaça, deixando a multidão histérica e desconfiada. Teve gente que viu dedo da Globo na história.

Deve ser para promover o Mister M que vai voltar pro Fantástico.

Driblando a Fifa

A Federação Carioca, pressionada pelos cartolas da CBF e da Fifa, pela Liga das senhoras católicas, por parte da Associação de moradores e por integrantes da TFP — Tradição, Família e Propriedade —, insinuou dar um basta. Incentivada por um tal Miranda, espertinho representante do Vasco, quis barrar as inscrições dos jogadores e acabar com a história.

Mas, vendo que os treinos dos ressuscitados no estádio Giulite Coutinho estavam recebendo mais de quatro mil pessoas por dia, mudou de ideia. Os cartolas sacaram que o América poderia aumentar, e muito, o público das partidas do torneio. E chamaria holofotes do mundo inteiro para o combalido campeonato carioca.

Para driblar a Fifa, a Federação decidiu dar outro nome ao campeonato e criar novo regulamento:

1) O campeonato carioca de futebol passará a se chamar torneio metropolitano, com a participação de equipes da cidade do Rio de Janeiro: Flamengo, Fluminense, Vasco, Botafogo, América, Bangu, Bonsucesso, Madureira, São Cristóvão, Olaria, Portuguesa e, como exceção, Canto do Rio, de Niterói. E disputado em turno único, com partidas apenas nos fins de semana.

2) *Todas as equipes são obrigadas a ter como hinos oficiais os compostos pelo grande Lamartine Babo. Assim, o Campo Grande, que chegou à divisão especial somente em 1962, ficará de fora.*

3) *As equipes do antigo estado do Rio, como Resende, Volta Redonda, Macaé, Audax, Cabofriense, Boavista, Americano, Goitacaz, Nova Iguaçu, Duque de Caxias e Friburguense disputarão um torneio paralelo entre eles. E não terão direito ao acesso, pelo menos por enquanto.*

Ufa! Um obstáculo a menos.

O tal Miranda não gostou e, irritado, jurou que *isso não vai ficar assim. Esses diabos vão ver o que é bom pra tosse.*

Animados com mudanças no futebol carioca, alguns representantes dos times que disputavam o campeonato do Departamento Autônomo se reuniram para estudar a volta do torneio das equipes dos bairros e subúrbios da cidade, época em que o Rio era capital da República. Campo Grande, o mais conhecido, não reivindicou, pois faz tempo que disputa as divisões principais, e vive na maior draga, na terceira divisão carioca.

O Sport Clube Rosita Sofia, de Cosmos, queria entrar com liminar, mas desistiu, porque não teve apoio do pessoal do Cocotá, Elevadores Atlas, Mavilis, Oiti, River, Manufatura, Oriente e Pavunense.

O representante, João Moreira da Silva, neto do fundador, o joalheiro português Serafim e filho da Rosita Sofia, indignado, prometeu ir à Fifa sob o argumento de que o clube tem tradição, fez excursão à Europa nos anos 1950 e até ganhou música do compositor Adelino Moreira, o preferido de Nelson Gonçalves.

Não teve jeito, sem apoio às suas reivindicações, João

Moreira da Silva deixou pra lá, mas prometendo voltar um dia e esfregar na cara de todo mundo a história de glórias do único time de futebol que leva nome de mulher — o da sua mãe, Rosita Sofia.

Panturrilha é a mãe!

Enquanto os jogadores treinavam em Edson Passos, as obras em Campos Sales iam de vento em popa apesar dos protestos de alguns moradores. O comércio sonhava faturar com o vai e vem de torcedores que passariam por ali. Os donos do Salete, prevendo grande aumento da clientela, pensaram em alugar as antigas instalações da antiga confeitaria Gerbô para ampliar o restaurante.

Giulite Coutinho trabalhava ao lado dos engenheiros e operários na construção do novo estádio. Quis colocar pelo menos dez bustos de bronze em homenagem aos jogadores que não entraram na seleção dos vinte e cinco revividos, mas que foram importantes para a história do clube. Os torcedores escolheriam por votação.

Milhares de pessoas acamparam em volta do estádio na Baixada Fluminense para não perder um minuto sequer dos treinamentos. O comércio de camisetas, flâmulas e bottons faturava bastante. Equipes de televisão davam plantão de 24 horas. A segurança era reforçada a cada dia. Umbandistas passavam a noite fazendo despachos, enquanto grupos religiosos, católicos e evangélicos exibiam faixas de protesto, desfiavam o rosário, organizavam novenas e orações. Ambulantes, vendedores de água, cerveja e sanduíches se multiplicavam. Hélio Palavrão, responsável pela segurança, andava enlouquecido.

Entre os jogadores, as coisas estavam confusas. O zagueiro Djalma Dias, que foi ídolo do Palmeiras depois que largou o América, plantou a mão em um jovem médico quando ele disse que o jogador tinha problema na panturrilha. *Panturrilha é a mãe, seu bosta*, respondeu enquanto disparava o tapa na fuça do doutor. Até explicarem que batata da perna agora se chamava panturrilha, foi um sufoco. O homem não se conformava, demorou a se acalmar.

O quarto-zagueiro mineiro Wilson Santos também não gostou de saber que tinha inflamação no púbis. Achou que o mesmo médico — coitado — estava com segundas intenções com ele. *Acho que esse médico é franga.*

O roupeiro Gessy por pouco não se demitiu. Reclamações vinham de toda a parte, principalmente do pessoal do tico-tico no fubá. O careca Jorginho, ponta-esquerda, representando o grupo exigia chuteiras com travas de pregos. Edu, que foi técnico da seleção brasileira, tentava acalmá-los. *Não existem mais chuteiras assim, só no museu*, dizia, mas a turma não queria saber. Os veteranos queriam bolas de couro, maiores e mais pesadas, porque com as novas não acertavam um chute no gol.

Maneco, um dos maiores ídolos do América, andava pelos cantos, acabrunhado, nem de longe lembrava o *Saci de Irajá*, neguinho serelepe que encantava multidões. Talvez porque se suicidara com formicida e guaraná. Aos 35 anos de idade, falido, não conseguia quitar a casa que havia comprado e estava ameaçado de despejo. Os companheiros tentavam animá-lo, mas não tinha jeito. O grande Maneco parecia um homem derrotado.

Pensamos em levar uma psicóloga. Ari, goleiro que veio do Flamengo para o América por causa do racismo rubro-negro, foi contra; *Se for para trazer mulher, é melhor trazer umas gostosas. Mulher séria a gente tem em casa.*

Giulite mandou cobrar dois reais por ingresso nos treinos. Era a chance para o América ganhar um dinheirinho extra com o bando de gente que lotava o estádio. Outro problema à vista era com o técnico, Giulite chamou o assistente Jorge Vieira num canto e recomendou que ficasse de olho em Martim Francisco, *o homem que mais conhece futebol no mundo, mas, também, o mais complicado. Vê se ele não anda escondendo garrafa de bebida no vestiário. Quando bebe é um perigo, faz coisas que até Deus duvida.*

Para o lugar de Alarcon, que voltou para Buenos Aires, Otto Glória sugeriu chamar Hélio, porque o lateral-esquerdo Ivan não tinha reserva. Hélio formou excelente linha média com Ivan Bahiense e Osvaldinho, mas não deu certo, Hélio tinha o mesmo problema que Alarcon desde que Almir Pernambuquinho quebrou sua perna num clássico contra o Vasco, em 1959, e ele ficou aleijado pelo resto da vida. E também não havia mais tempo para convocar outro jogador.

Ironicamente, Almir encerrou a carreira no América, em 1968. E também mancava por causa do tiro que levou numa briga de bar em Santos.

Invenção do 4-2-4

Martim Francisco tinha um mês para colocar a turma em forma e definir o time titular. Insistia no 4-2-4, sistema inventado por ele, em 1951, quando dirigia o Vila Nova, em Minas. Jorge Vieira, técnico do último título do América era contra. Justificava dizendo que ninguém mais jogava assim e que os pontas haviam desaparecido. Martim não levou em conta a opinião do assistente.

A torcida não ia com a cara de Martim, porque ele, sacanamente, abandonou o clube, em 1956, e se mandou para o Vasco, poucos dias antes da melhor de três contra o Flamengo. Em compensação adorava Jorge Vieira, que com apenas vinte e seis anos de idade, mais novo do que quase todos os jogadores, comandou o time campeão após meio século de jejum.

Para colocar os jogadores na ponta dos cascos, arranjei lugar em Rio das Flores, a duas horas e meia do Rio, para rápida pré-temporada. Conhecia bem a região, fui criado ali na fazenda da Forquilha, hoje abandonada. Consegui, na faixa, que Nelinho, filho do velho Sinval, emprestasse o Aycaiaca, seu pequeno sítio, que ficava longe da estrada e chamava pouca atenção, como eu queria, para não atrair curiosos.

Ali, durante uma semana, Martim e comissão técnica fizeram de tudo para colocar a turma nos trinques. Foi difícil. Estavam enferrujados, cheios de dores e eu temi pela empreitada. O médico Mário Tourinho achou que não ia dar tempo de ganharem condição de jogo. E, o que era estranho, em vez de entrar em forma, os caras engordavam.

Fui atrás!

Não deu trabalho descobrir que alguns jogadores se escafediam para filar boia na fazenda ao lado, a Santo Inácio, uma construção do século XIX, que na época áurea chegou a ter duzentos mil pés de café e cento e vinte empregados. A hoje pequena fazenda vive da criação de aves, de algumas cabeças de gado leiteiro, da plantação de hortaliças e do restaurante, especializado em comida de roça. Nos fins de semana recebe gente que vem de longe provar as delícias da cozinha de dona Vera Vale e a filha Ana Célia.

As duas preparavam cardápio supimpa especialmente para os jogadores-fujões: leitão pururuca, arroz com suã, galinhada com feijão branco, feijão tropeiro, frango de cabidela, torresmo, chouriço e o famoso galopé, ensopado de galo com pé de porco. Tudo com cachaça do alambique e cerveja à vontade. E mais compotas de figo, abóbora, mamão e laranja com fatias de queijo Minas vindo direto do laticínio vizinho. Como é que poderiam entrar em forma?

Leônidas da Selva devorava meio leitão. E ainda levava, escondida, uma marmita de arroz e feijão tropeiro para comer mais tarde no quarto. Ari e Pompeia carregavam vidros de compota e Wilson Santos, chegado numa boa cachaça, sempre saía com uma garrafa. Sem esconder.

Chamei a turma às falas. Ameacei dar um basta no projeto e mandar todo mundo de volta, porque com um bando de balofos não entraríamos em campo. No final do esporro, confessei que entendia o pecado da gula, era mesmo difícil resistir aos quitutes de dona Vera. E as refeições no sítio do Nelinho eram frugais, balanceadas, *comida de passarinho*, como definiu Pompeia.

Era flagrante a falta de preparo físico do pessoal do ataque do tico-tico no fubá, César, Maneco, China, Lima e Jorginho. Durante os treinamentos não acertavam o gol e chutavam as bolas para o mato. Elas voltavam murchas, cravadas por espinhos, sujas de bosta de boi.

A linha atacante com Canário, Romeiro, Leônidas (apesar da pança), Edu e Eduardo se saía melhor, tinha a preferência de Martim Francisco. O técnico parecia preocupado e Otto Glória e Jorge Vieira desanimados. Gyula Mandi, o preparador físico, estava perdidinho da silva.

Telefonei para Pai Jeremias. Ele me tranquilizou. *Queria o quê? Ressuscitar um bando de caras e que eles voltassem numa boa, como se nada tivesse acontecido. Calma, chegaremos lá!*

O técnico, conhecido pé de cana, não queria ir embora do Aycaiaca de jeito nenhum. É que pertinho dali ficava o alambique do sítio Werneck, fabricante da melhor cachaça da região. Martim comprou todo o estoque. Gostava de beber sob a lua, cantando baixinho "Luar de Sertão", cujos versos o faziam matar saudades de Barbacena, onde se criou. Bebia até cair. Alta madrugada, Otto Glória e Jorge Vieira o agarravam como a um saco de batatas e o traziam para dentro de casa.

Martim Francisco era um técnico muito respeitado. Antes de entrar para o futebol, lecionou Filosofia e História em escolas de sua cidade, era descendente direto de José Bonifácio de Andrada e Silva, o *Patriarca da Independência*. Fez nome no Vila Nova, quando adotou o esquema 4-2-4, e dirigiu times importantes, além de América e Vasco: Corinthians, Cruzeiro, Atlético Mineiro, Athletic Bilbao, Real Betis, Elche e Bangu. O álcool acabou com ele aos cinquenta e quatro anos, quando já vivia de favores, na maior miséria, morando em quarto de empregada num subúrbio de Belo Horizonte.

A preparação física da turma deixava a desejar e reconheci que chamar Gyula Mandi foi burrada. O homem só falava em húngaro, mas Giulite gostava dele e foi quem o trouxe em 1957 para ser técnico do América.

Mandi fez sucesso como treinador da famosa seleção húngara, vice-campeã mundial em 1954, mas não se adaptou. Arranjei intérprete, o Rapopov. Não aliviou. O único exercício físico que conhecia, além de corridas de frente, costas e para os lados e de repetitivas flexões, era o polichinelo. Os jogadores o detestavam e o apelidaram de Boris Karloff, famoso ator britânico de filmes de terror.

Meu pai, quando era diretor do departamento infantojuvenil do clube, levou Mandi e Rapopov para jantar em casa quando ele era técnico do América. Minha mãe, Nilza, fez coquetel de camarão e estrogonofe, os pratos mais chiques que conhecia, e tirou do armário a louça inglesa que usava em ocasiões especiais.

O húngaro adorou a comida, bebeu muito vinho e falou de futebol. Na verdade, perguntou mais do que falou. Queria saber o que meu pai achava de o zagueiro Sebastião Leônidas jogar no meio-campo. O professor Trajano disse que seria uma boa, Leônidas era um craque habilidoso.

Eu, menino, fiquei todo prosa com a ida do técnico à minha casa. Daí em diante, toda vez que nos encontrávamos no clube ele me cumprimentava com afagos carinhosos. Eu tirava onda com os amigos.

Fiquei triste e revoltado quando Mandi foi escorraçado pelos torcedores depois de uma derrota. Saiu vaiado, apedrejado, pela porta dos fundos da sede de Campos Sales e nunca mais o vi. Se fosse adulto, teria partido para cima dos agressores. Gostava do velhinho, apesar do time nunca ter engrenado com ele.

Também foi um erro trazer Mário Marques Tourinho. O médico estava ultrapassado. Comprou centenas de latinhas de Pomada Minâncora, caixas de emplastro poroso Sabiá e não sei quantos litros de água vegeto mineral. E encheu as prateleiras do departamento médico do departamento com Biotônico Fontoura, Óleo de Fígado de Bacalhau, Calcigenol, Emulsão de Scott, Xarope Rhum Creosotado, Pastilhas Valda, Pastilhas de Magnésia Bisurada e Pílulas de Vida do Dr. Ross.

E exigiu a instalação de um Forno de Bier para amenizar dores musculares. Nunca tinha ouvido falar em ligamento cruzado. Problema no joelho era resolvido com extração dos meniscos. E dor de garganta com extração das amígdalas.

A turma voltou de Rio das Flores completamente fora de forma, mas animada. Gostaram do convívio na roça, respirar ar puro, chupar jabuticaba do pé, caçar passarinhos, andar a cavalo, colher verduras, tomar cachaça e conhecer melhor uns aos outros.

Na hora a gente dá no couro, tranquilizou João Carlos, cinco quilos a mais na carcaça.

Como as obras em Campos Sales ainda demorariam por bom tempo, acertei com a turma do Vasco o empréstimo de São Januário para os jogos com mando nosso. Houve relutância dos diretores vascaínos, que não queriam dar moral para *o time de zumbis*. Acabaram concordando, apesar do tal Miranda fazer de tudo para o Vasco não aceitar. Toparam ao sentir que faturariam bom dinheiro com o negócio.

Os jogadores foram aprender as novas regras do futebol com um sobrinho do antigo árbitro Mário Vianna. Ficaram encucados: não podiam mais atrasar com o pé para o goleiro e este tinha só seis segundos para repor a bola. E jogador na mesma linha não está mais impedido. Quando souberam, então, que bandeirinha virou "árbitro assistente" morreram de rir. *Está virando bagunça esse negócio* — exclamou o centroavante César. — *Daqui a pouco vai valer gol com a mão!*

A Federação divulgou a tabela:

América	×	Bonsucesso	São Januário
Olaria	×	**América**	Rua Bariri
América	×	Madureira	São Januário
Fluminense	×	**América**	Maracanã
América	×	Canto do Rio	São Januário
Vasco	×	**América**	Maracanã
América	×	Bangu	Campos Sales (inauguração do estádio)
São Cristóvão	×	**América**	Moça Bonita (Figueira de Melo vetado)
América	×	Botafogo	Maracanã
Portuguesa	×	**América**	Moça Bonita (estádio da Ilha vetado)
América	×	Flamengo	Maracanã

Nem o Crematório anuncia

Precisávamos muito de um patrocinador, mas não apareceu nem unzinho. Ninguém queria associar o nome da empresa a um time que *tem pacto com o diabo*, como se dizia pelos cantos. Nem o Crematório do Caju, nem funerária e nem mesmo o pessoal da cremação da Santa Casa. Se o incenso Sete Ervas e o defumador Abre o Caminho tivessem produção maior poderiam ser patrocinadores, eram os preferidos de Pai Santana, Pai Jeremias e Seu Sete da Lira.

Usar o uniforme foi outra pendenga, não gostaram do material de poliéster. Acharam que a camisa com pequenos furos cortados a laser que permite a circulação do ar e deixa o tecido sempre seco era "coisa de veado". Bateram pé e depois de uma reunião tensa, ficou decidido que o uniforme seria retrô. De algodão, como nos velhos tempos.

A exigência de jogar com chuteiras de couro, meio quilo em cada pé e travas fixadas com pregos em vez das *sandálias de mulher* não vingou. Aleguei que a regra não permitia. O centroavante Leônidas chorou de raiva. *Depois não vão me cobrar se eu fizer merda na cara do gol.*

Faltava pouco para a estreia. A imprensa estrangeira comparecia em peso aos treinos. A BBC produziu um documentário *Os filhos do além*; o jornal francês *L'Équipe* preparou caderno especial, a revista italiana *Guerin Sportivo* fez encarte e a TV Al Jazira entrava ao vivo todos os dias.

Era cada vez maior o número de curiosos pagando dois reais para assistir aos treinos.

Os vinte e cinco mil ingressos para a estreia contra o Bonsucesso se esgotaram em minutos. A expectativa era de que outra multidão, mais de vinte mil torcedores, ficaria do lado de fora de São Januário. A Polícia Militar pediu ajuda à Força Nacional para reforçar o esquema de segurança.

Eu concedia pouquíssimas entrevistas e continuava fazendo minhas as palavras de Nelson Rodrigues. Fui ao programa *Bola da Vez*, da ESPN e os antigos companheiros me estranharam, disseram que eu não parecia o cara com quem tinham trabalhado por tanto tempo.

Não era para menos, fazia meses que convivia com um bando de mortos-vivos e com alguns vivos recauchutados, queriam o quê? Mas, acho que eles tinham razão, eu andava estranho mesmo, dizia:

Meu sentimento clubístico é anterior ao sexo, anterior à memória.

O América nasceu com a vocação da eternidade. Tudo pode passar. Só o América não passará, jamais.

O pontapé inicial

Antes da estreia, realizei um pedido dos jogadores. Queriam jantar no Lamas, no Largo do Machado. Expliquei que o velho Lamas não existia mais, que foi derrubado pelas obras do metrô e transferido para perto dali fazia mais de trinta anos. E que os antigos e maravilhosos garçons, Rial, Maia e Paulinho tinham cantado para subir. Seu Fernando, gerente, também. E o grande Vieira se aposentou. A turma concordou em ir mesmo assim, estranharam não ter se encontrado com nenhum deles lá por cima.

Os jogadores de futebol faziam ponto no Lamas. Jogavam sinuca nos fundos, tomavam chope sem esconder de ninguém e trocavam informações com os jornalistas que enchiam a lata por lá. Os velhos treinadores Elba de Pádua Lima, o Tim, e Mário Travaglini iam ao Lamas quase todas as noites.

Os jogadores prometeram e se comportaram bem. Ninguém exagerou no chope e cada um traçou apenas um filé com batatas portuguesas e farofa, além do pudim de leite na sobremesa. Fingi que não vi, mas Ari, Wilson Santos e Pompeia tomaram algumas doses de

Cointreau despejadas no café. E foram embora felizes da vida.

Tim, que por coincidência estava no restaurante, se emocionou com o reencontro com os jogadores e, usando tampinhas de cerveja sobre a toalha da mesa, demonstrou como o time deveria jogar. Rabiscou no papel alguns esquemas e anotações e pediu que Bráulio, seu jogador no Coritiba, entregasse ao Martim Francisco. Mário Travaglini deu uma olhada profissional, aprovou e mandou lembranças e sucesso ao técnico americano.

E a hora chegou!

Enfim, a aguardada estreia contra o Bonsucesso. E lá fomos nós para São Januário. A torcida, em polvorosa, levou pandeiros, tambores, chocalhos, cornetas, serpentina, confete, rolos de papel higiênico, bandeiras e muitas faixas. Além das tradicionais faixas do *Inferno Rubro*, *Mangua Sangue* e do *Sangue Jovem*, surgiram outras, que reagiam ao deboche e à provocação dos adversários.

Somos zumbis, sim, e daí?

Com deus e o diabo para sempre América!

A volta dos que não foram.

O time entrou em campo e os torcedores, enlouquecidos, choravam. Eu, Hélio, Lamartine, Manduca, Felipinho, Giulite, Braune e Otto Glória nos abraçamos aos prantos. Os jogadores, elegantes, banho tomado, penteados, pernas reluzentes pela massagem de óleo do Olavo, cumprimentaram o público e se encaminharam para um dos lados do campo. O capitão Edu, flâmula do América na mão, escolheu o campo, cumprimentou juiz, bandeirinhas e o capitão adversário, o atacante Zé Augusto, o *Conde*, emprestado pelo Fluminense e saído diretamente de *Páginas sem glória*, de Sérgio Sant'anna. Tudo corria conforme o figurino.

Os alto-falantes do estádio arrepiaram jogadores e torcedores com "Cidade Maravilhosa" na hora em que os times estavam perfilados. E foi dado o pontapé inicial.

Os zumbis, mortos-vivos, hereges, bruxos, os que têm pacto com o diabo, fosse o que fosse, iniciavam a trajetória mais doida da história do futebol mundial.

Agora, é torcer até morrer!

O jogo foi horroroso. O time começou bem, mas cansou e ficou na roda todo o segundo tempo. Ainda bem que Edu e Eduardo, inspirados, levaram algum perigo à meta rubro-anil. A sorte foi marcar gol de cara, Djalma Dias escorando de cabeça a perigosa cobrança de corner de Canário. Aos trancos e barrancos, o time segurou o resultado de 1 a 0. Não foi o que a torcida esperava. Teve gente que saiu xingando.

O mesmo de sempre, se com vivos já era difícil, imagina com mortos.

Ser América é sofrer, o sofrimento vai continuar.

Martim Francisco saiu vaiado e Giulite não escondeu a decepção. Eu, nem tanto. Era apenas a primeira partida.

Fiquei preocupado com Pompeia. Ele pulava atrasado e, por duas vezes, bateu com a cabeça no travessão e caiu desmaiado dentro do gol, enrolado na rede.

Ainda bem que o ataque da equipe de Teixeira de Castro era uma merda. E pensar que, em 1932, Leônidas da Silva, o Diamante Negro, o maior jogador da história do Bonsucesso, artilheiro da Copa de 1938, recusou proposta milionária do América!

A transferência obrigava o jogador a um estágio de seis meses na segunda equipe. Leônidas, que explodia na carreira, achou que seria andar para trás e ficou no Bonsuça. Anos depois, o estádio do clube rubro-anil, na avenida

Teixeira de Castro, recebeu o nome de Leônidas da Silva, *um deus negro e pagão que andou por estas terras e fez seus milagres*, como o definiu José Roberto Torero.

Ficha técnica	América 1 × 0 Bonsucesso
Local	São Januário
Público pagante	25 000
América	Pompeia, Jorge, Djalma Dias, Sebastião Leônidas e Ivan; Amaro (Ivo) e João Carlos (Bráulio); Canário, Leônidas (Luizinho), Edu e Eduardo. Técnico: Martim Francisco
Bonsucesso	Jonas, Natal, Nilo, Dutra e Romero (Biguá); Lusitano e Jair Pereira; Paulinho (Ernani), Soca, Zé Augusto e Barison. Técnico: Silvio Pirilo
Gol	Djalma Dias, 12 do 1º
Juiz	Alberto da Gama Malcher

A imprensa desancou o América. Tachou a equipe de ridícula e afirmou que a experiência maluca não daria certo:

Time de zumbis decepciona multidão

Mortos-vivos rubros de vivos não têm nada

Milhares de torcedores saíram decepcionados com os diabos.

A confusão do lado de fora do estádio com quem não conseguiu entrar foi grande. Cavalaria e blindados da Polícia Militar se jogaram pra cima dos torcedores que queriam ver o jogo a qualquer custo. Prenderam mais de cem pessoas e outras cinquenta precisaram ser atendidas nos hospitais próximos a São Januário.

Atravessando a baía

A partida contra o Olaria deveria ser na Rua Bariri, mas a Federação, preocupada com a falta de segurança depois do tumulto em São Januário, transferiu para um estádio maior, o Caio Martins, em Niterói.

Durante a semana que se seguiu, Martim Francisco se convenceu de que o 4-2-4 foi responsável pelo time ser dominado pelo Bonsucesso. Colocou, então, dois volantes. Tirou o Pompeia e pôs Ari em seu lugar. Osni do Amparo, que durante quinze anos defendeu a meta americana e era treinador de goleiros, concordou. Pompeia não estava à vontade com as bolas leves e não queria usar luvas de jeito nenhum.

Osni, porém, suspeitava de problema maior.

Martim sentiu o time mais animado, menos Leônidas da Selva e Maneco, que continuava melancólico. Uma lástima, porque era hora do *Saci de Irajá* mostrar seu valor. O ataque tico-tico no fubá, sem Maneco, não funcionaria.

Leônidas da Selva, cujo nome verdadeiro era Manoel Pereira, ganhou o apelido do irreverente jornalista Sandro

Moreyra: é que ele era grosso com a bola, o oposto do finíssimo e genial Leônidas da Silva. Leônidas andava sorumbático, logo ele, que vivia rindo de qualquer coisa. Jururu, chapelão enfiado na cabeça, quando ficava assim, era cópia esculpida em Carrara de Gregório Fortunato, o *Anjo Negro* de Getúlio Vargas. Ou cópia "escarrada" como se diz.

Enquanto isso, Lamartine fazia o maior sucesso na noite carioca. Foi assistir aos ensaios no Salgueiro, na Mangueira, ao musical *Sassaricando*, deu entrevistas no Programa do Jô, no *Fantástico*, no Faustão e na Leda Nagle, participou do *Roda Viva* e prometeu compor hino para o Campo Grande. Quando soube que o time da Zona Oeste estava na terceira divisão carioca, mudou de ideia.

Manduca recebia homenagens. A que mais gostou foi virar nome da ciclovia no trecho Flamengo-Botafogo, mas agora só queria saber de andar de ônibus e metrô. Andou se insinuando para cima de tia Ruth, a torcedora-símbolo do América, assim como ele. Só não se conformava com a quantidade de carros na cidade, nem com o trânsito caótico: *Não sei como vocês conseguem viver desse jeito. Só tem maluco na direção.*

E veio a segunda partida!

Fui de barca para Niterói rumo ao Estádio Caio Martins junto com um grupo de torcedores, queria rever a Ilha do Sol que fica no caminho. Ninguém, nem Luz del Fuego, nem Matinhos, nem a cachorrada. Deu pra ver as palmeiras e suas palmas quietinhas como numa fotografia. Tudo em paz.

Do outro lado da baía de Guanabara, chegando a Niterói, me lembrei de alguns de seus filhos ilustres que tinham história com o América: Gérson, tricampeão canhotinha de ouro, filho do meia Clóvis, campeão em 1935;

Zizinho, o mestre Ziza, o craque da Copa de 1950, torcedor do América por ser fã de Carola, Pirica e Og Moreira, e, por incrível que pareça, barrado no primeiro treino que fez no clube; e Antoninho, do ataque campeão de 1960, ao lado de Calazans, Quarentinha, João Carlos e Nilo. E, sobretudo, de Luizinho, o maior artilheiro do América de todos os tempos, com trezentos e onze gols, irmão de outros dois atacantes famosos: César Maluco e Caio Cambalhota, que jogou no América por um tempo.

Segui a pé para Caio Martins. Pelo caminho, cruzando com torcedores mais empolgados, me lembrei de um trecho do hino que Lamartine fez para o Canto do Rio, que mandava seus jogos no velho estádio:

No estádio formoso/ de Caio Martins/ há dias de gozo/ foguetes, clarins.

De novo, o público lotou o estádio e muita gente ficou de fora. Não como em São Januário, mas também teve confusão e a polícia, de novo, soltou a borracha nos torcedores.

A vitória justa por 2 a 1. O time não jogou bem, mas foi superior ao Olaria. Os destaques: os laterais Jorge e Ivan, que iam e voltavam com muita garra. Edu teve boa atuação e Leônidas da Selva se machucou no início do segundo tempo. Luizinho entrou em seu lugar e deu conta do recado.

A bem da verdade, o gol de João Carlos, no finzinho do primeiro tempo, foi numa banheira danada. E também, ao apagar das luzes, o juiz anulou um gol legítimo do baixinho Osni. Antônio Viug estava do nosso lado.

A torcida apoiou, aplaudiu e não vi ninguém reclamar.

Ficha técnica	América 2 × 1 Olaria
Local	Caio Martins
Público pagante	12 750
América	Ari, Jorge, Djalma Dias, Sebastião Leônidas (Alex) e Ivan; Amaro, Ivo e João Carlos (Bráulio); Canário, Leônidas (Luizinho) e Edu. Técnico: Martim Francisco
Olaria	Anibal, Casemiro, Haroldo, Miguel e Alfinete II; Alcir e Rodarte (Olavo); Pirulito, Osni, Hélio Cruz e Vadinho (Orozimbo). Técnico: Daniel Pinto
Gols	Edu, aos 28, e João Carlos, aos 44, do 1º tempo e Hélio Cruz, aos 35 do 2º
Juiz	Antônio Viug

Edu transbordava de alegria. O segundo maior artilheiro do América, com duzentos e doze gols, reencontrava o caminho das redes. Irmão de Zico e Antunes, é meu maior ídolo no futebol. Tampinha, só um metro e sessenta e cinco de altura, pintava e bordava, fazia gato e sapato dos zagueiros. Nunca o vi dando gargalhadas, morrendo de rir fora das quatro linhas. O seu bom humor era dentro de campo, jogando futebol de pura alegria. A gente se divertia com os dribles, chutes e gols espetaculares do atacante baixinho.

Edu jogou duas vezes pela seleção brasileira, ambas contra o Uruguai, em 1967, em Montevidéu, pela Taça Rio Branco. Eu fazia minha primeira cobertura internacional e acompanhei de perto. Tenho certeza absoluta de que se Edu tivesse começado no Flamengo seria tão famoso como o irmão Zico. Bola pra isso ele tinha.

Com o gol marcado contra o Olaria, Edu, agora gordinho e barrigudo, se animou para o restante do torneio.

Deixa comigo. Vamos pras cabeças!

América × Olaria inesquecível foi em 21 de outubro

de 1967, na Rua Bariri, dia em que comemorei vinte e um anos. Era repórter do *Jornal do Brasil* e cobria a partida nessa tarde de sábado calorento.

Quase no final do jogo, Edu foi agredido por jogadores do Olaria e caiu dentro da área do goleiro Edson Borracha. Os jogadores do Olaria foram pra cima do Edu. Almir Pernambuquinho enfrentou a turma com socos e pontapés e impediu que o companheiro apanhasse mais. Almir foi expulso, suspenso por várias partidas e, cansado, barrigudo e careca, abandonou o futebol. Tinha trinta e um anos de idade.

Zico, irmão mais novo de Edu, viu a confusão das arquibancadas da Bariri, ao lado da mãe, dona Matilde. Ele não perdia uma partida do irmão, seu maior ídolo. O pai, seu José, não gostava de ir aos jogos, ficava em casa ouvindo pelo rádio.

Almir Pernambuquinho jogava muito. Foi campeão mundial de clubes pelo Santos, contra o Milan, quando substituiu Pelé, contundido; ídolo no Vasco e no Flamengo, teve passagens marcantes no Boca Juniors, Corinthians, Fiorentina e seleção brasileira.

Meio maluco, valentão, não levava desaforo para casa e ficou marcado pelos memoráveis sururus em que se envolveu. Os mais conhecidos foram em 1959, no Sul--Americano, na Argentina, jogando pela seleção brasileira contra o Uruguai; e em 1963, pelo Flamengo, na decisão do Carioca contra o Bangu, no Maracanã, quando melou o jogo em que o rubro-negro apanhava por 3 a 0.

Morreu aos trinta e cinco anos, assassinado com dois tiros em 1973, em Copacabana, ao tomar as dores de integrantes do grupo Dzi Croquetes, hostilizados por turistas portugueses, no restaurante Rio Jerez, na Galeria Alaska, em frente ao mar.

Saudades de Ed Lincoln

Começaram os problemas com as famílias dos jogadores. Com faixas e cartazes, faziam estardalhaço na Baixada Fluminense, exigindo falar com eles, não se conformavam em apenas vê-los, queriam-nos de volta em carne e osso, o que era impossível. E exigiam pagamento de direito de imagem, o que eu considerava justo e um ex-advogado do América achava absurdo: *Como vamos pagar direito de imagem para uma turma de zumbis? Não tem fundamento!*

Mandei pagar. Eles estavam jogando, fazendo caixa para o clube, não tinham conta no banco, então a família merecia receber. Ressuscitados ou não, não importava.

Aproveitando a confusão a TV Globo mandou um preposto, sr. Selmo, dizer que não ia pagar as cotas dos jogos e os direitos de imagem, usando os mesmos argumentos do advogado. Logo a Globo que estava com a audiência estourando por causa das transmissões de nossos jogos.

Ingratos, como sempre, bradou irritadíssimo Wolney Braune.

Giulite ameaçou romper com a Globo e fechar contrato de exclusividade com a Record, o que a fez recuar com medo da briga no Ibope. O sr. Selmo, braço-direito do sr. Galo, enfiou o rabo entre as pernas e teve que engolir o time de zumbis.

O pessoal de transmissão não compactuava com os cartolas da Globo. O tijucano Galvão Bueno se divertia à beça com os *zumbis* e achava legal gritar gol do América: *Gol, gol, gol do além! América um...* Luiz Roberto e Cléber Machado e Milton Leite também curtiram a novidade e Alex Escobar, então, nem se fala, americano doente que é.

Apoiados por mim, os familiares também entraram com processo pelo uso das imagens dos jogadores no álbum de figurinhas do torneio. Entramos com uma liminar e a editora foi obrigada a pagar.

A partida seguinte seria contra o Madureira, sensação das primeiras rodadas e que vinha de duas vitórias convincentes, contra Bangu e Bonsucesso.

Dias antes, com baita festa, foi inaugurada a sede social do América na Rua Gonçalves Crespo, ao lado do estádio. Ficou linda: salão de baile com restaurante impecável; campo de soçaite, um brinco; piscina semiolímpica e outra menorzinha para crianças; ginásio para futebol de salão, basquete e vôlei, com vestiários bem equipados; bar incrementado na beira da piscina; além de sauna, academia de ginástica e playground.

Apesar disso tudo, faltava o principal: o campo de futebol, ainda em construção. Mas já, já a bola iria voltar a rolar em Campos Sales.

Os sócios babaram. Os que eram contra pediram desculpas, envergonhados. E num piscar de olhos o número de associados pulou de quatrocentos e cinquenta para três mil e quinhentos. A sede ficou padrão Fifa. Foram duas comemorações: o baile oficial, anterior à partida contra o

Madureira, e a domingueira dançante, como nos velhos tempos, no comecinho da noite.

O baile, embalado pela Orquestra Imperial, tinha o Wilson das Neves, grande baterista e cantor que no conjunto do Ed Lincoln animava os bailes da minha juventude. Com ele matei saudade de Pedrinho Rodrigues, Sílvio César e Orlandivo, os crooners do Ed. Foi música boa até raiar o dia.

A Tijuca acordou sorrindo e quem foi cedinho à feira livre da Vicente Licínio comer pastel com caldo de cana pôde curtir os acordes finais da festança.

Sobrenatural de Almeida

Apesar das duas vitórias o time não convencia. Preocupado, fui procurar Pai Jeremias, levei comigo o espírita Papu e o tarólogo Pedro de Castro. Ele nos tranquilizou, disse que tínhamos um reforço ainda não utilizado, o Sobrenatural de Almeida. Na hora agá o homenzinho entraria em cena e estaria tudo resolvido. E deu uma rápida demonstração do que isso significava, incorporando Nelson Rodrigues, seu criador, a essa altura mais americano do que nunca:

O Sobrenatural de Almeida, torpe indivíduo, não é um recurso estilístico; é uma sólida realidade. E torce pelo América desde que viu Marcos Carneiro de Mendonça atuar em 1913, antes de se transferir para o Fluminense. As intervenções providenciais do Sobrenatural, que costuma sentar no travessão para assistir às partidas de dentro do campo, irão nos ajudar no momento oportuno, fique tranquilo.

Fomos embora mais confiantes. Sobrenatural costumava subir o Borel e, invisível, ficava dias e dias perambulando pelo terreiro de Pai Jeremias. Quando incorporava Nelson Rodrigues, Pai Jeremias papeava com ele. E, se a preguiça não atrapalhasse, Sobrenatural ia a algum jogo. E aprontava.

A maior diversão do sujeitinho era perturbar partidas de futebol: provocar gol contra, expulsar jogador, sumir com a bola, furar a rede. Mas fazia tempo que ficava em casa, atormentado por uma enxaqueca.

Antes de Pai Jeremias, o América teve outros craques pais de santo como Oscarino, zagueiro parrudo, campeão carioca em 1935 e reserva da seleção brasileira campeã da Copa Rio Branco, em 1932, disputada em Montevidéu.

Em *O negro no futebol brasileiro*, o escritor Mário Filho, apaixonado por futebol assim como o irmão Nelson Rodrigues, conta que *Castelo Branco, o chefe da delegação e Luiz Vinhaes, diretor-técnico, oficializaram a macumba de Oscarino. Nenhum jogador do escrete brasileiro deixava de ir para o quarto dele depois do almoço de cada jogo.* No quarto de Oscarino devia rolar a maior macumba, pois Mário Filho conclui que, com isso *Foram três das mais brilhantes vitórias do nosso futebol, a conquista da Rio Branco*.

Também teve o Telê que tinha apelido de *tijoleiro*, porque o seu chute ia como um tijolo para a meta adversária. Naquele tempo, 1928, o América racista algumas vezes deixava o preconceito de lado e contratava um negro de cabelo *bem enroscado*, como Telê e, além disso, macumbeiro. Telê veio do Andaraí para o América porque lhe prometeram um emprego de telefonista da Saúde Pública. No amadorismo, jogar em time grande era a chance de conseguir emprego público e ter a velhice assegurada. Não havia salário, até o bicho, prêmio por vitória era dado às escondidas por parte de alguns dirigentes mais abonados. Ninguém se importou se Telê era ou não macumbeiro.

Às sextas-feiras, quando dormia na concentração em

Campos Sales, Telê aparecia com embrulho debaixo do braço. Conta Mário Filho:

Dentro do embrulho, uma garrafa de cerveja preta, uma garrafa de água do mar, um ramo de arruda e meia dúzia de velas. Abria o embrulho, tirava primeiro a garrafa de cerveja preta, ia para o fundo do campo, atirava a garrafa com força, por cima da cerca, e dava as costas depressa, para não ver a espuma saltando, senão estragava tudo. Depois voltava para o dormitório, destampava a garrafa de água do mar, apanhada na praia de Santa Luzia, que era mais perto, regava o ramo de arruda, e começava a atirar água pelos quatro cantos do quarto estreito e comprido. Feito isso, acendia uma vela, pingava um pouco de estearina derretida num pires, a vela tinha que ficar queimando até o fim junto da porta de entrada do dormitório.

Penaforte, Hermógenes, Walter, Sobral, Mineiro, Miro, brancos, mulatos e pretos, seguiam Telê, respeitosamente, andando nas pontas dos pés, não abrindo a boca nem para tossir, como se estivessem numa igreja. Se o América vencesse todos ganhariam "bicho" dobrado, quarenta mil-réis no mínimo.

Quando o jogo era importante, Telê não se contentava com o trabalho de sexta-feira, ia a um pai de santo, atrás dele uma porção de jogadores, todos os que acreditavam, até diretores, mesmo que não acreditassem em despacho. Telê só não queria enfrentar o Andaraí, seu ex-time, achava que o campo era mal-assombrado.

Domingueira dançante

Martim Francisco, para surpresa geral, escalou o time contra o Madureira no 4-2-4, sob o argumento que *eu que inventei essa joça, deixa eu usar*. E não deu certo de novo. Ficamos no 1 a 1 com o tricolor suburbano.

Será que somos um fracasso?

A torcida americana não perdoou, vaiou e xingou os jogadores e a comissão técnica. Quem está habituado a sofrer, quando qualquer coisa dá errado, logo perde a paciência. O torcedor enxerga de longe se vai dar merda.

Ninguém se salvou além do goleiro Ari, com três defesas magníficas. Nem Edu jogou bem. Faltou preparo físico e o time abriu o bico cedo. Depois de uma agitada reunião no vestiário, dispensamos Gyula Mandi e o mandamos de volta para a Hungria. O homenzarrão rodopiou envolto em fumaça e desapareceu para espanto geral.

O jovem assistente Jorge Vieira, formado em educação física, assumiu o posto. E pedi a ele, pelo amor de Deus, para arquivar o *polichinelo*, havia anos que ninguém mais usava o exercício.

Ficha técnica	América 1 × 1 Madureira
Local	São Januário
Público	20 500
América	Ari, Jorge, Djalma Dias, Sebastião Leônidas e Ivan: Amaro e João Carlos (Bráulio); Canário, Luizinho (Romeiro), Edu e Eduardo (Ivo). Técnico: Martim Francisco
Madureira	Irezê, Bitum, Deuslene, Navarro (Frazão) e Nai; Apel e Nelsinho; Fará, Zé Henrique, Bitunzinho (Nair) e Parobé (Machado). Técnico: Lourival Lorenzi
Gols	Luizinho, 42 do 1º tempo e Parobé, 13 do 2º
Juiz	Airton Vieira de Moraes (Sansão)

O jogo ficou no 1 a 1 porque Sobrenatural de Almeida fez sua parte. Ao apagar das luzes, Ivan cometeu pênalti bobo e escandaloso em Fará. O centroavante Zé Henrique ajeitou a pelota carinhosamente e cobrou no canto contrário ao que se atirou Ari.

Gooool!

Nããããão!

Sobrenatural de Almeida pulou no campo, puxou a trave para o lado e a bola foi para fora. Zé Henrique se atirou no chão socando o gramado. Os jogadores, assustados, reclamavam com o juiz, que disse nada poder fazer. Ari, incrédulo, agradecia aos céus. A torcida aplaudia sem entender o que tinha acontecido.

Morrendo de rir, Sobrenatural voltou de trem para Irajá, onde morava desde menino. O mesmo subúrbio onde nasceu e morreu Maneco.

A domingueira foi um sucesso.

Felipinho Cereal, um DJ de primeira, colocou na vitrola valvulada Philips, modelo 1959, bolachas de Sinatra, Julie London, Maysa, Peggy Lee, Tony Bennet, Pat Boone,

Doris Day, Românticos de Cuba, Elizeth Cardoso, Ray Conniff, Metais em Brasa e Bob Fleming. Aproveitamos para homenagear Armandinho, o primeiro sócio do clube a sair do armário. Inteligente, poliglota, talentoso — tocava no piano quase todo o repertório de Dolores Duran e Dóris Monteiro. Ele veio em cadeira de rodas, não perderia essa festa de jeito nenhum.

Nas domingueiras da nossa juventude, Armandinho chamava atenção: tinha pega-rapaz na testa, estilo Bill Halley, usava um enorme relógio de ouro no punho direito, adorava os sapatos brancos com fivela dourada do Motinha da Mem de Sá e usava roupas de cores berrantes, um escândalo! Terminava a noite cercado pela moçada, cantando e dedilhando o piano, até o porteiro Barbosa, ranzinza como ele só, apagar a luz e enxotar todo mundo.

Nos anos dourados, na velha sede, havia as batalhas de confete que aconteciam algumas semanas antes do carnaval; e também as festas juninas com as sensacionais quadrilhas (*Anariê, olha a chuva, Changê, olha o túnel*), os campeonatos de boliche e os concursos para saber quem dançava melhor twist e hully-gully. E as sessões de cinema precedidas pelos seriados de Flash Gordon no Planeta Mongo, governado pelo terrível Imperador Ming e sua bela filha, a princesa Ana.

Tempo dos primeiros porres e paixões.

Os pileques eram de Cuba Libre, Samba em Berlim (cachaça com Coca-Cola) e Hi-fi (vodca barata com Crush) no bar América, botequim em frente à sede de Campos Sales. As paixões foram por Sueli, filha do porteiro Barbosa, que nunca me deu a menor bola, e por Leila, filha de um professor amigo do meu pai, com quem dancei quadrilha e fiz dupla no campeonato de twist. Por Soraia, a *galinha* do pedaço, que andava de Gulivette, morava com a mãe desquitada e deixava por a mão aqui e ali quando a gente se enfiava nas escadarias do seu prédio na Pardal Mallet.

Tudo acontecia em volta de Campos Sales.

Jogava basquete — não era um Wlamir Marques ou um Algodão mas me destacava pela garra. Joguei futebol de campo (formava ataque aguerrido com Joaquim, Jaime, Gilson ou Nonô e Silvinho) e futebol de salão, quando fui campeão infantojuvenil, como reserva do reserva. Disputei várias vezes os Jogos Infantis, competição entre clubes organizada pelo *Jornal dos Sports*, participando de torneios de futebol de botão — era bom nisso.

Meu time de botão inesquecível que em determinado momento recebeu o nome Real Acarape em homenagem a uma espetacular cachaça que João Máximo conheceu Deus sabe onde, tinha a seguinte escalação:

Pompeia (é óbvio), **Cacá** (que jogou, além do América, no Fluminense e Botafogo e é arquiteto aposentado), **Edson** (zagueiro clássico que foi do América para o Palmeiras e depois para o Boca Juniors), **Lúcio** (que atuou em Portugal no Sporting após deixar Campos Sales) e **Godofredo** (lateral discreto, mas o nome impunha tremendo respeito); **Dino Sani** (craque absoluto) e **Ênio Andrade** (por causa de certo Vasco × Renner); **Genuíno Caminhão** (atacante doidão que foi do América e do Vasco, vindo de Minas, que fugia da concentração para dirigir algum caminhão emprestado; aposentou-se como caminhoneiro, claro), **Luiz** (em homenagem ao primo Luiz Orlando que me deu vários botões, inclusive este), **Ipojucan** (jogador comprido, elegante, que passou pelo Vasco, seleção brasileira e Portuguesa, escolhido porque tinha um nome diferente) e **Pinga** (genial meia e ponta-esquerda do Vasco, que estraçalhou na primeira partida que assisti).

Anos depois, Braulinho, em homenagem ao Bráulio, o garoto de ouro, botão pequeno, vermelhinho, entrou no lugar de Ênio Andrade e virou o craque do time.

O América enchia os torcedores de orgulho, levava muita gente ao Maracanã. Em 1950, vice-campeão e, em 1954 e 1955, também. Em 1956, base da seleção brasileira na Taça Osvaldo Cruz e em alguns amistosos. E, em 1960, conquistou o título de primeiro campeão do Estado da Guanabara. Em 1961 e 62 foi bicampeão de futebol de salão, destronando o Vila Isabel, o maior time da época. Torcer pelo América era privilégio.

Na escola, os colegas, curiosos, queriam detalhes sobre Campos Sales, os jogadores e a torcida. Achava que eles tinham uma ponta de inveja, porque não era sobre o clube nem o time que queriam saber, mas sobre o bairro, a Tijuca. Porque só nós, americanos, tínhamos um bairro torcedor.

O tijucano era América. E, se não fosse, o América sempre era seu segundo time.

Para falar do América precisa escarafunchar a Tijuca. A história dos quatrocentos e cinquenta anos do Rio de Janeiro mostra que nunca houve tamanha identificação entre torcedores de um bairro com um time de futebol. É só comparar:

Flamengo/Gávea; Botafogo/General Severiano; Vasco/São Januário; Fluminense/Laranjeiras e América/Tijuca.

Próximo jogo: Fluminense, o primeiro clássico. Estava com medo, o time não tinha preparo para enfrentar um grande. E, ainda por cima, no Maracanã!

No primeiro pacote de pedidos lá na Ilha do Sol, tentei a volta do velho Maraca, mas não foi possível. *Assim é querer demais*, me respondeu o babalorixá Joãozinho da Colmeia. Enfiei a viola no saco, era verdade, já havia pedido demais.

A imprensa levou susto quando convoquei uma coletiva, a primeira desde o começo da história. Para tirar uma chinfra, marquei o papo na nova sede. Queria provar que não era garganta. Em vez de repetir Nelson Rodrigues, apelei para Zé Lins do Rego, rubro-negro doente. Tinha lido *Flamengo é puro amor*, cento e onze crônicas selecionadas pelo velho companheiro e mestre Marcos de Castro e fiquei babando com as declarações de amor. Aí, foi só trocar Flamengo por América, fiz o maior sucesso:

Há no América uma grandeza de alma que me atrai... Há todo o Brasil no América, todas as raças, todos os credos, todas as classes, todas as paixões generosas. Sou assim América pelos meus impulsos e pelas minhas reflexões. Sou América de corpo e alma em todas as horas, em todos os instantes.

E botei banca. Disse que não tinha medo do Fluminense: *temos mais craques do que eles*. E que só não estávamos jogando bem porque o preparo físico não estava o.k. Que esperassem.

Os jornalistas não me levavam a sério, desconfiavam que eu fosse aprontar mais alguma coisa. Depois da coletiva mostrei o estádio para o grupo. Ficaram boquiabertos. Não imaginavam que estivesse quase pronto. E lindo! E ainda tirei sarro na despedida lendo um texto de Zé Lins do Rego onde falava do América, seu segundo time.

... Há o América como uma marca de caráter brasileiro. É clube de renitentes, de gente sem riqueza, mas de determinação para a luta como poucos. Não é em vão que Sobral Pinto é América.

Pompeia, o maior do mundo

Na véspera do clássico fui falar com Pompeia, ídolo da minha infância. Fiquei mal. Ainda menino de calças curtas, assistia aos treinos e jogos do América por causa dele. Era um negro alto, musculoso, muito atencioso com a molecada que o adorava.

Foi um goleiro espetacular, dava saltos acrobáticos, não havia no futebol quem chamasse mais atenção. Leônidas da Selva e Garrincha, talvez. Leônidas pelas trombadas e Mané pelos dribles sensacionais. Pompeia tinha facilidade para saltar porque, antes de jogar futebol, foi trapezista de circo no interior de Minas.

Muito antes de Michael Jordan, Pompeia voava, e assim como Dadá Maravilha, beija-flor e helicóptero, também ficava parado no ar. Não era à toa o apelido *Constellation*, o avião da Panair do Brasil.

Jogou no América por mais de dez anos. No final da carreira, quando atuava pelo Desportivo Português, da Venezuela, num amistoso contra o Real Madrid, levou forte bolada no rosto, desferida por Di Stéfano, genial craque argentino. Ficou praticamente cego e teve que abandonar o futebol.

Daí a dificuldade para jogar contra o Bonsucesso na estreia: *Quase não enxergo. Vou no impulso, na intuição, no som do chute. Me perdoe.*

Choramos abraçados. Ele tremia, triste por não ajudar como desejava.

A sua presença aqui já é o bastante. Não se preocupe amigo. Você fez muito por nós, americanos, sempre será nosso ídolo. Aguenta firme que vamos ganhar a última batalha juntos.

Pouco antes de morrer, Pompeia gravou um depoimento emocionante para o documentário *Futebol*, de João Moreira Sales e Arthur Fontes. Diz a frase definitiva sobre a posição de goleiro:

O goleiro é quem mais gosta da bola. Todo mundo chuta a bola, só o goleiro abraça.

Pompeia morreu na miséria, bêbado, abandonado. Na época não sabia e nem procurei saber do seu paradeiro. A gente costuma fazer isso com os ídolos da infância: suga, gasta, cola figurinha, dá tapinha nas costas, grita o nome nos estádios, e depois, adulto, esquece. Os mais jovens não o conhecem, nunca ouviram falar do craque que para você foi o maior de todos.

Pelo resto da vida vou falar de Pompeia com respeito, carinho, sem jamais esquecer os momentos divinos que me proporcionou.

Pompeia, o maior goleiro do mundo!

Além de Pompeia e Ari, campeões em 1960, o América teve outros grandes goleiros: no amadorismo, Marcos Carneiro de Mendonça, *goalkeeper* do primeiro jogo da seleção brasileira, em 1914, nas Laranjeiras, vitória por 2 a 0 sobre o Exeter City, da Inglaterra.

Marcos se transferiu para o América em 1910 quando o Haddock Lobo se fundiu com o time rubro. Jogou na estreia do estádio de Campos Sales, em 1911, contra o Rio Cricket, foi campeão em 1913 e, brigado com Belfort Duarte, capitão do time e espécie de dono do América, se mandou para o Fluminense arrastando consigo um bando de gente.

Marcos Carneiro de Mendonça pagava para jogar. Naquela época, início do futebol no Brasil, o jogador comprava o material, mas o uniforme dele era diferente dos outros. Mandava fazer camisa de seda inglesa sob medida, o calção era mais largo e não usava joelheiras, como os outros goleiros. E o detalhe, como conta Paulo Guilherme no livro *Goleiros*, ficava por conta da fita roxa amarrada à cintura, que prendia a camisa ao calção.

Seu desempenho atlético fascinava as moças que frequentavam os clubes. Foi assim que, em 1913, quando ainda estava no América, conheceu Ana Amélia Queiroz, sua companheira por toda a vida. Ana Amélia tinha dezessete anos e lançava-se como poetisa. Ela se encantou com o goleiro que viu em campo e escreveu o famoso soneto "O salto", comparando o goleiro a um deus grego.

... No campeonato de 1919, em jogo contra o Flamengo, Marcos fez o que Nelson Rodrigues classificaria como "sobrenatural". O jogo estava 0 a 0 e o Flamengo teve a seu favor um pênalti logo aos oito minutos. Adhemar Martins, o Japonês, encarregou-se da cobrança. Marcos voou para o canto certo e espalmou a bola. No rebote, Japonês, da mesma posição, chutou de novo. O goleiro tirou. Sidney veio na corrida e completou. Novamente Marcos defendeu. A bola sobrou para Junqueira. Era o golpe de misericórdia. Mas Marcos não estava batido. Uma nova defesa, dessa vez encaixando a bola entre os braços, encerraria aquele bombardeio contra a sua meta. Um pênalti multiplicado por quatro. E ele defendeu todos.

O presidente Epitácio Pessoa, que assistia ao jogo no campo da Rua Paissandu, onde o Flamengo mandava os jogos, foi pessoalmente cumprimentar o grande Marcos. O Fluminense venceu a partida por 3 a 1 e o time conquistou o tricampeonato carioca.

Outros grandes goleiros do América:

Joel, titular na primeira Copa do Mundo, em 1930, campeão carioca em 1928 e 1931, jogava no estilo Marcos Carneiro de Mendonça, vaidoso, elegante, e também fazia sucesso com as mulheres;

Walter, campeão carioca em 1935, se transferiu para o Flamengo e jogou a Copa de 1938 como rubro-negro;

Tadeu, titular durante anos na década de 1930 e disputou uma partida pela seleção brasileira;

Batatais, ídolo do Fluminense, tinha fama de *amarelar* atuando pela seleção, encerrou a carreira no América, em 1946, magoado e brigado com o tricolor;

Aimoré Moreira, titular rubro em 1933, fez nome no Botafogo, foi técnico famoso — bicampeão mundial em 1962 — ao lado dos irmãos Zezé e Ayrton;

Ferreira, campeão carioca em 1916, o maior goleiro que Sílvio Caldas viu jogar.

Teve também **Sílvio Pacheco**, campeão em 1931, que se notabilizou por dar um murro no rosto de Leônidas da Silva em jogo disputado em 1932 contra o Bonsucesso. No final dos anos 1950, foi presidente da CBD, antiga Confederação Brasileira de Desportos.

O maior goleiro que vi jogar, depois de Pompeia, foi Castilho, do Fluminense, o famoso homem da leiteria — apelido dado na época que um leiteiro carioca ganhou na loteria federal e virou sinônimo de sorte. Ele era sensacional. Não fazia acrobacias como Pompeia, mas tinha perfeito senso de colocação. Quando ainda torcia pelo tricolor, até os oito anos de idade, Carlos José Castilho foi meu maior ídolo. Titular na Copa de 1954, reserva de Gilmar nos títulos de 1958 e 1962, era substituto de Pompeia no meu time de botão.

Quero o Maraca de volta!

Martim Francisco guardou a linha do tico-tico no fubá para a inauguração do estádio de Campos Sales dali a quatro rodadas. Assim, China, Maneco, César, Lima e Jorginho não ficariam nem no banco contra o tricolor.

Porém, como o jogo era no Maracanã, para levantar o moral de Maneco, o técnico relacionou o *Saci de Irajá* para enfrentar o Fluminense. Só ele, sem os companheiros. Seria alguma arma secreta?

Os jogadores assistiram, no vestiário, às preleções emocionadas de Martim Francisco e Jorge Vieira, ambos campeões no Maracanã, no melhor momento das carreiras. Martim, em 1956, com o Vasco, logo depois que deixou o América na mão, e Jorge Vieira, em 1960, no primeiro campeonato do estado da Guanabara.

Wilson Santos falou em nome do grupo. Lembrou a experiência do título de 1960, ao lado de alguns companheiros que estavam ali. E que nunca mais esqueceu aquele dia. E que jogar no Maracanã era o ato sagrado do jogador de futebol.

Eufórico, afirmou que o Fluminense era freguês, que não se preocupassem.

Enfiamos 2 a 1 neles na final de 60, de virada, gols de Jorge e de Nilo, ponta-esquerda que tinha muito futebol e bem que podia estar aqui com a gente na lista dos 25.

O tempo estava esquisito, um céu cor de chumbo escurecia a tarde. Fazia um calor abafado e os jogadores suavam em bicas.

A turma olhava o vestiário, achava estranho: banheiras térmicas, chuveiros, armários, espelhos, bancos, iluminação, mesa de massagens. Nada se parecia com o que estavam acostumados a ver em muitos anos de profissão. Começaram a ficar impacientes.

Tá parecendo banheiro de rendez-vous *chique,* ironizou Romeiro.

Martim Francisco sentiu o clima, ordenou que fizessem a oração e fossem imediatamente para o gramado.

Subir as escadas, reencontrar o Maracanã era o que mais desejavam desde que voltaram do além.

A oração foi estranha. De mãos dadas, os jogadores oravam aos gritos, olhos fechados, rostos crispados. Antes de subir para o campo se enfiaram nos cantos, acenderam velas, fizeram promessas.

Ao lado de Pompeia e Ari puxei uma salva de palmas pelo momento encantado e gritei *Saaangue!*, todo mundo acompanhou.

E foram para o campo. Pisaram no gramado, cumprimentaram a torcida, e, a seguir, ficaram balançando a cabeça em sinal de reprovação, deram meia-volta e se retiraram para o vestiário. Eu presenciava tudo de perto, mas sem entender o que estava acontecendo corri atrás deles.

Enganaram a gente. Este aqui não é o Maracanã, onde foi parar o maior do mundo?, berrava o lateral Jorge.

Cadê, onde está a geral, meu Deus?, gritava o goleiro Ari.

E a charanga do Jaime e o clarim de talo de mamão do Ramalho também vão desaparecer?, choramingava o grandalhão Leônidas da Selva.

Maneco, que desabava por qualquer coisa, soluçava. Wilson Santos chutava a parede. Orlando Lelé parecia desmaiar. Bráulio implicava com a falta do eco do grito das torcidas, *um lado não ouve o que o outro está gritando*; Pompeia não entendia que os torcedores não pudessem ir de um lado para outro para acompanhar o ataque de seu time no segundo tempo. João Carlos dizia que as cadeiras pintadas de azul e amarelo eram para disfarçar, um fingimento para mostrar que o estádio estava cheio.

O meia Lima, do ataque tico-tico no fubá que nem no banco de reservas ficou, era o mais desolado, trabalhou durante anos no Maracanã depois que encerrou a carreira: cuidava do gramado, das redes, enchia as bolas, chefiava os gandulas, fiscalizava a limpeza dos vestiários e controlava a entrada das equipes no campo. Uma espécie de zelador do estádio. Quando deu de cara com o *New Maracanã* passou mal, desfaleceu. Pai Jeremias e o médico tiveram trabalho para reanimá-lo.

Levei um tempão para explicar que do mesmo jeito que fecharam os cinemas de rua, acabaram com o Maracanã. Contei que foram obras superfaturadas, exigências descabidas da Fifa e ganância, como sempre, das empreiteiras. Era a tal modernização. E que também eu era contra. Mas não havia o que fazer. Era jogar ou jogar.

Os jogadores choraram mais um pouco, deram-se as mãos, rezaram de novo, xingaram. E, liderados por Ari, o mais revoltado, firmaram compromisso de ganhar o jogo de qualquer jeito. Assim, aplacariam a dor de constatar que o Maracanã que os consagrou não existia mais.

Vamos lá dar uma lição nessa gente. Somos filhos do Maracanã e eles são uns filhos da puta.

A volta do Saci

O Fluminense pagou o pato. O América jogou como nunca. Enfiou 4 a 1 no tricolor. Deu dó!

América e Fluminense tiveram desavenças durante anos. A pinimba começou em 1914, na briga de Marcos Carneiro de Mendonça, o maior goleiro do amadorismo, com Belfort Duarte, mandachuva de Campos Sales. Marcos carregou para o Fluminense os irmãos Fábio e Luiz, também campeões em 1913, o meia mulato Carlos Alberto Fonseca Neto, e setenta associados. Tremendo bafafá.

No primeiro jogo entre os dois clubes, a torcida americana não livrou a cara de Carlos Alberto. Como ele passava pó de arroz no rosto para se passar por branco, gritavam para provocá-lo: *pó de arroz, pó de arroz*.

E assim nasceu o epíteto do Fluminense, em um momento de raiva da torcida americana.

Em 1921, outro quiproquó.

Antônio Muniz Duarte, veloz ponta-direita do Mauá Esporte Clube, time dos estivadores do cais do porto, foi contratado pelo América para substituir Borboleta que se mandou para o Flamengo.

Ele era marinheiro *com feições de preto, o nariz chato, a boca de beiços grossos*, como o descreve Mário Filho, em O *Negro no futebol brasileiro*. O preconceito barrava o acesso ao futebol não só de negros, mas também de praças de pré — militares com patente menor —, garçons, barbeiros, motoristas. Qualquer profissão em que fosse costume receber gorjeta era considerada subalterna.

Alguns jogadores do América — os irmãos Cury, os Sodré Borges e Paulo Sampaio Viana —, reacionários e racistas, se negaram a jogar ao lado de Manteiga, apelido de Antônio, e se transferiram para o Fluminense. As torcidas quebraram o pau. O preconceito racial estimulou de novo briga entre americanos e tricolores.

Manteiga viajou no ano seguinte numa excursão do América para a Bahia, e lá, infeliz, abandonou a delegação e partiu para outra vida em solo baiano. Em Salvador, ser mulato e marinheiro não eram motivo de caçoada e discriminação.

O craque da goleada no Maracanã?

Maneco, o *Saci de Irajá*!

Ele voltou a ser o neguinho sestroso, habilidoso, convocado para a seleção brasileira em 1947 e que aterrorizava defesas com mortífera canhota. E que marcou cento e oitenta e sete gols com a camisa rubra.

O homem só não fez chover. Marcou dois gols, tabelou várias vezes com Edu, deu de calcanhar, letra, bicicleta e meteu duas no travessão. Saiu de campo aplaudido de pé. E aos prantos, abraçado aos companheiros.

O zagueiro Pinheiro, inconformado com o baile que o Fluminense levou, partiu para cima de Maneco no final da partida. Achou que os dribles do *Saci de Irajá* tiveram a intenção de desmoralizá-lo. E começou o maior quebra-pau.

Leônidas deu uma surra em uns três ou quatro. A briga só parou porque Telê, o *Fio de Esperança*, jogador respeitado por todos, separou os brigões no grito.

Torcedores americanos ainda não acreditavam no que viram e demoraram a sair do estádio. A bandinha tocava o hino de Lamartine sem parar. Tia Ruth mais uma vez foi parar na enfermaria, emocionada, carregada nos braços de Manduca. Lamartine comandou a folia fantasiado de diabo e Martim Francisco, enfim, foi aplaudido por escalar um ataque agressivo com Canário, Maneco e Edu.

Maneco era outro. Sorridente, os olhos brilhavam. No vestiário confessou que emoção igual sentiu em 18 de julho de 1951, quando o América enfiou 3 a 1 no Peñarol, que tinha vários jogadores campeões do mundo (Máspoli, Obdulio Varela, Gigghia, Schiaffino, Miguez) na comemoração do primeiro aniversário da Copa do Mundo pelo Uruguai, no estádio Centenário. Maneco fez um gol e foi o melhor em campo, *lavamos a alma do torcedor brasileiro*, dizia o *Saci de Irajá*, com olhos marejados. Osni do Amparo, irmão de Ely, do Vasco, zagueiro que disputou a Copa de 1950, se abraçou com Maneco emocionado. Ele, reencarnado como treinador de goleiros, foi o *goalkeeper* do América naquela tarde em Montevidéu.

Ficha técnica	América 4 × 1 Fluminense
Local	Maracanã
Público	72 554
América	Ari, Jorge, Djalma Dias, Wilson Santos e Ivan: Amaro, Romeiro e Bráulio: Canário (Luizinho), Maneco (Leônidas) e Edu (Eduardo). Técnico: Martim Francisco

Fluminense	Victor Gonzales, Oliveira, Pinheiro, Assis e Altair; Denilson e Samarone (Joaquinzinho); Telê (Amoroso), Ambrois, Fred (Orlando Pingo de Ouro) e Escurinho. Técnico: Zezé Moreira
Gols	Maneco, 18; Romeiro, 29 e Bráulio, 42 do 1º tempo. Maneco, 26, e Fred, 34, do 2º
Juiz	Amílcar Ferreira

A turma do *Pau neles*, liderada pelo Felipinho levou uma faixa gigante, em formato de camisa, estendida de alto a baixo na arquibancada depois da partida:

Vingamos 75. Chupa, Rivelino!

Foi vingada a final da Taça Guanabara de 1975, disputada no Maracanã, quando, no último segundo da prorrogação, Rivelino fez de falta o gol da vitória tricolor. A bola ainda resvalou no zagueiro Geraldo, na barreira, antes de entrar no gol de País. Seria nosso bicampeonato. A derrota estava atravessada na garganta como poucas.

O time de *zumbis* cumpria o combinado: não bastava ganhar, tinha que ir à forra.

Outro destaque do clássico foi Romeiro, autor de golaço de falta. Um dos mais versáteis craques que apareceram em Campos Sales, Romeiro jogava de meia, zagueiro, apoiador e até de ponta-esquerda. Transferiu-se para o Palmeiras e no Parque Antártica fez história ao cobrar falta certeira no ângulo do goleiro Laércio, do Santos, na final do supercampeonato paulista de 1959. Encerrou a carreira no futebol colombiano.

O Papa entra em campo

Torcedores cobravam a ausência de Jorginho, lateral-direito campeão do mundo em 1994, que fez nome no Flamengo e na Europa, mas começou no América. Explicava que Jorge, que marcou o gol do título em 1960, e Orlando Lelé, herói na Taça Guanabara de 1974, cobrando falta que o tricampeão Felix não segurou, marcaram tentos históricos e não poderiam ficar de fora. Pena, mas não dava mesmo pra trazer todo mundo que a gente queria, havia o limite de vinte e cinco jogadores. Quanto ao Jorginho havia outra razão: evangélico, quando foi técnico do América quis trocar o diabo, mascote do clube, por uma águia. Não ficaria à vontade no *time dos zumbis*.

Outros lembraram Nelinho, excelente lateral-direito, que jogou no Cruzeiro e Atlético e na seleção brasileira na Copa de 1978, dono de chute potentíssimo. Nelinho jogou pouco pelo América, logo se transferiu para o Clube do Remo, antes de ir para Minas Gerais, onde virou ídolo.

A goleada sobre o Fluminense trouxe ânimo novo. Os treinos em Edson Passos voltaram a receber grande público. Os jornais elogiaram Maneco, o *Pelé de Campos Sales*.

O clima entre os torcedores era de euforia. Mas, temendo que o América fosse seguir adiante, os clubes marcaram reunião na Federação para virar a mesa. A alegação é que era absurdo jogar contra mortos-vivos e que a Fifa, os padres, os pastores evangélicos, a mídia, o Exército, a Marinha e a Aeronáutica tinham razão de estar contra.

O diabo está ganhando a guerra e nós estamos compactuando. Temos de dar um basta!, argumentava o representante do Vasco, o tal Miranda, líder da rebelião.

É tudo muito louco. Os jogadores, se é que podemos chamar de jogadores, só falam entre eles. Mesmo assim, ninguém entende nada do que eles falam. É macumba braba!, exclamava a representante do Flamengo, uma tal de Amorim.

Nem no tempo do Carlito Rocha, da gemada e do Biriba, vi tanta coisa estranha. Os jogadores são fantasmas, vamos acabar com isso, e é já!, berrava o homem do Botafogo, um tal de Borer.

Carlito Rocha foi um presidente do Botafogo, cheio de superstições e manias folclóricas como a de fazer gemada para os atletas ficarem mais fortes e levar o Biriba, um vira-lata branco e preto como as cores do clube, para entrar com o time em campo.

Giulite Coutinho se apavorou. Eu também. Desconfiamos que a vaca estava indo pro brejo. Giulite, porém, acostumado às sacanagens de dirigentes, como em 1987, quando o Clube dos 13 tirou o América da primeira divisão do Brasileiro, tremenda injustiça. O América foi semifinalista no ano anterior e acabou enxotado para uma divisão secundária. E de novo em 1999, quando obrigaram o América a disputar seletiva do campeonato carioca. Uma picuinha absurda do então presidente Eduardo Viana, o Caixa-D'água, com o clube fundador e sete vezes campeão.

Giulite pensou grande:
Vou falar com o Papa!

E se mandou para o Vaticano. Como tinha contatos influentes, logo conseguiu audiência com o Papa Francisco, torcedor do San Lorenzo e amante do futebol. Giulite explicou a situação, entregou camisa autografada pelos jogadores e flâmula comemorativa do amistoso do América com o San Lorenzo, empate de 2 × 2 em 1957, no Maracanã.

O Papa revelou que já tinha ouvido falar do time dos *mortos-vivos*, não gostava da história, mas também não concordava com a atitude dos dirigentes cariocas. E que conhecia a má fama do tal Miranda.

Não aprovo o time de zumbis, ou o nome que tenha, mas já que os dirigentes aceitaram no começo não podem virar a mesa agora. Não é uma atitude cristã. Minha recomendação é seguir até o fim conforme combinado.

Com a bênção do Papa, o torneio foi adiante. Ninguém queria ser excomungado por Sua Santidade.

A ausência de Peralvo

Peralvo, genial atacante do América, ficou fora da lista dos vinte e cinco ressuscitados. O atacante que devia *ter sido maior que Pelé* e que, jogando pelo América de Merequendu, sua cidade natal, marcou dez gols em quarenta e cinco minutos. Peralvo, *um paranormal que sabia um segundo antes de todo mundo o que ia acontecer num campo de futebol e decifrava as almas que o cercavam a partir de um cardápio de cores mais variado que o catálogo das tintas Suvinil* — como o definiu Murilo Filho, o *Charles Dickens de Campos Sales*, no delicioso romance *O drible* de Sérgio Rodrigues.

Sofri por não chamar Peralvo, claro que havia lugar para ele! É que Sérgio Rodrigues, jornalista que o conheceu como ninguém, explicou que Peralvo sofreu demais no tempo que jogou pelo América.

Em 1963, foi expulso do clube pelo então tenente Turíbio Tibiriçá, diretor de futebol, quando quase saíram na porrada numa festa de réveillon. Alguns anos depois, em 1970, já major e com cargo graúdo no DOI-CODI, sigla de Destacamento de Operações de Informações do Centro de Operações de Defesa Interna, mais conhecido como

Serviço de Inteligência e Tortura do Exército, Tibiriçá servia no quartel da Barão de Mesquita quando Peralvo foi encontrado enforcado na cela. Ele era injustamente acusado de se envolver na luta armada.

Só Sérgio Rodrigues relacionou o assassinato cruel à inimizade entre os dois. Achei então que Peralvo, filho de Mãe Mãezinha, mãe de santo *com reputação de feiticeira ou quase santa* deveria ficar em paz onde estivesse. E que não devia trazê-lo para aventura tão complicada.

Veríssimo e o garoto de ouro

Canto do Rio, em São Januário, o próximo adversário. Era o pior time do campeonato; perdeu as quatro partidas sem marcar um gol sequer. A classificação dos candidatos ao título estava assim:

1) Flamengo, 0
2) América e Vasco, 1
3) Botafogo, 3
4) Fluminense e Madureira, 4
5) Bangu, 6

Martim poupou Maneco, extenuado, porque na próxima rodada enfrentaria o Vasco, no Maracanã. E também Eduzinho que jogou em todas as partidas. O estádio de São Januário recebeu bom público, levando-se em conta que o Canto do Rio, de Niterói, não tem torcida alguma. Mas o jogo não foi fácil como se imaginava.

Na arrancada para o título carioca em 1950, na antepenúltima rodada, no empate de 2 a 2, o Canto do Rio tirou ponto precioso do América, que fez falta no final, quando o Vasco ficou com o título. Era bom ficar de olho no tal jogo *fácil*, porque, como todo mundo sabe, *não tem mais bobo no futebol*, dizem os famosos professores-treinadores.

Ficha técnica	América 2 × 0 Canto do Rio
Local	São Januário
Público	19 500
América	Ari (Pompeia), Orlando Lelé, Alex, Wilson Santos e Ivan: Amaro e João Carlos; Canário (Romeiro), Leônidas, Luizinho e Eduardo (Bráulio). Técnico: Martim Francisco
Canto do Rio	Franz, Lamparina, Nézio (Ely), Lafaiete e Duque; Azul e Mituca; Uriel, Fefeu, Caboclo e Quincas (Jedir). Técnico e jogador: Duque
Gols	Orlando Lelé, de falta, 35 do 1º e Bráulio, 43 do 2º
Juiz	José Gomes Sobrinho

O craque da partida foi o gaúcho Bráulio, um estilista. Nos anos 1960, em Porto Alegre, a dúvida da torcida colorada era saber qual o melhor, Bráulio ou Sérgio? Futebol arte versus futebol força.

Luiz Fernando Verissimo, que estreava na crônica esportiva nas páginas de *Zero Hora*, explica a polêmica no livro *Sport Clube Internacional, autobiografia de uma paixão*: *mas o ídolo era Bráulio, um menino franzino que fazia o que queria com a bola, gostava de dar "chapéu" ou "balãozinho" ["lençol" no Rio Grande do Sul] nos adversários, e pelo seu tipo físico e habilidade merecia o apelido quase inevitável de "Garoto de Ouro"... A presença de Bráulio no time, exigida pela torcida, mantinha Sérgio na reserva, um negro alto e forte com um futebol também vistoso, mas menos espetaculoso, se bem que mais eficiente que o outro. Formaram-se duas correntes entre os colorados: a dos braulistas e a dos sergistas...*

Bráulio viveu assim por cinco anos. E foi para o América mudar de ares, escapar da pressão que envolvia "os mandarins" — os conselheiros do clube —, grande parte da torcida e a imprensa esportiva gaúcha. Um presente de luxo para os torcedores americanos.

Sérgio, apelidado de *Galocha*, passou os últimos dias na miséria. Diabético, amputou uma perna, passou a viver de favores. Bráulio, o "desafeto", foi um dos poucos antigos companheiros que o ajudou.

Bráulio foi um grande craque, João Carlos também. Escalar os dois no time dos sonhos era complicado. Mas eu pressionava Martim para escalá-los juntos. Os torcedores americanos que acompanharam os dois meias se dividem entre a dúvida de quem foi melhor. Impossível responder.

João Carlos, trinta anos, era o jogador mais velho do time campeão em 1960, entrou e saiu duas vezes do América. Jogou pelo Fluminense e Botafogo sem muito destaque. No América, porém, estava em casa, mandava soltar e prender. Elegante, meio gordinho, quase não errava passes. Era o técnico dentro de campo. João Carlos encerrou a carreira na Colômbia e Bráulio, no Chile.

Doping e comício

Veja ilustre passageiro
O belo tipo faceiro
Que o senhor tem ao seu lado
E, no entanto, acredite,
Quase morreu de bronquite
Salvou-o Rhum Creosotado

Não tínhamos sossego. A cada semana surgia uma nova sacanagem pra tentar nos derrubar. Conforme descobriram Hélio Palavrão e Felipinho, em tudo havia o dedo do tal Miranda, que prometia a todo mundo *que quero ser mico de circo se não acabar com essa pouca vergonha.*

Foi a vez do doping fajuto.

A Federação anunciou com alarde ter flagrado Leônidas da Selva no antidoping. Era a primeira vez que coletavam urina de um jogador do América.

O experiente médico Mário Marques Tourinho matou a charada na hora. Como andava rouco, percebendo a iminência de uma bronquite, Leônidas entornou um vidro inteiro do Rhum Creosotado antes da partida. O doutor

Tourinho mostrou a fórmula do remédio, simples xarope de extrato de alcatrão que os médicos desconheciam.

Não demorou a surgir outro problema de doping, desta vez atingindo todo o time americano. Como o pessoal estava se queixando de prisão de ventre, o doutor Tourinho receitou Pílulas de Vida Dr. Ross, um laxante com extrato de beladona na fórmula, pra todo mundo. Implicaram também com o fortificante Emulsão de Scott, à base de óleo de fígado de bacalhau. Queriam ver pelo em ovo, mas prevaleceu a experiência do médico americano, que foi derrubando as acusações, uma a uma.

Para não sair de mãos abanando, a Federação proibiu defumadores e incensos nos vestiários, mas a proibição caiu por terra logo depois, quando os advogados do clube entraram com uma liminar e reconquistaram o direito ao fumacê.

Chegou a vez de enfrentar o Vasco, empatado com o América, ambos com um ponto perdido. Jogo-chave, fundamental. E perigoso, porque o tal Miranda certamente iria aprontar alguma. Uma derrota nos deixaria longe do título, e ainda teríamos jogos contra Botafogo e Flamengo pela frente.

A torcida americana andava preocupada com a perseguição da imprensa. Todos os dias publicavam artigos exigindo um basta na *loucura dos americanos*.

O *Jornal dos Sports* fazia acirrada campanha contra. O *Jornal do Brasil* e *Correio da Manhã*, elitistas, desdenhavam o assunto. O *Dia*, do governador Chagas Freitas, ridicularizava. A *Luta Democrática*, jornal do deputado Tenório Cavalcanti, *o homem da capa preta*, publicava manchetes sensacionalistas; e na *Tribuna da Imprensa* o próprio Carlos Lacerda escrevia enormes editoriais raivosos e publicava na primeira página. Só Samuel Wainer, na *Última Hora*, apoiava com bom humor o time de zumbis com textos primorosamente redigidos nas colunas de João Saldanha, Albert Laurence e Sérgio Porto.

Mas pairava no ar a possibilidade de, a qualquer momento, os clubes se juntarem para acabar com o América, apesar da recomendação do Papa. O tal Miranda era ardiloso, maquiavélico, não se conformava, ainda mais com o Vasco descendo a ladeira.

Hélio Palavrão, um baita agitador, teve a brilhante ideia: *vamos fazer comício de protesto na Central do Brasil.*

Partimos para o desagravo em frente ao Ministério da Guerra, local do famoso comício de Jango e Brizola em 13 de março de 1964, dias antes do golpe.

Inflamado e com fogo no rabo atiçado pelo Hélio, fiz um discurso provocador diante de mais de cinquenta mil pessoas. (Para levar essa multidão ao comício, divulgamos que os jogadores estariam presentes. Quem não queria ver os jogadores-fantasmas de perto?)

Se estão com medo, que falem. Não fiquem por trás minando nossa coragem e determinação. Que nos ganhem no campo de jogo e não nas páginas sujas da imprensa marrom.

Se até o Papa Francisco nos apoia, quem são os cartolas safados que desmoralizaram o campeonato da nossa cidade, tirando o torcedor dos estádios e puxando o saco das torcidas organizadas? Se não fosse o América, o campeonato teria um público igual ao de um campeonatozinho escolar. Esses "Mirandas" têm mais é que encher a nossa bola e agradecer.

Wolney Braune recebeu aplausos e Giulite foi ovacionado quando apresentou outra grande novidade americana.

Compramos o quartel da PE na Barão de Mesquita e vamos transformá-lo em centro de treinamento para a molecada subdezessete. Em vez das torturas de triste memória como sofreram nossos ex-jogadores Nando e o inesquecível Peralvo, o local passará a ser referência de alegria. Os jovens subvinte ficarão na Baixada Fluminense. É outra grande notícia para a nossa Tijuca.

A mídia, comprometida até o pescoço com cartolas, CBF e Federação Carioca não deu destaque ao comício e, tampouco, à compra do quartel. Mas só deu América nas redes sociais, não se falava em outra coisa.

Faltavam duas semanas para inaugurar o estádio de Campos Sales e a Tijuca vivia maior agitação. A Associação de Moradores junto com aquela turma da TFP fazia manifestações nas ruas vizinhas à sede, principalmente na boca do metrô das Praças Afonso Pena e Saens Pena. Vira e mexe, o pau comia entre torcedores e manifestantes.

Para a partida contra o Vasco, Martim Francisco repetiu o time que enfiou a raquete no Fluminense.

Gol plantando bananeira

O clássico América e Vasco é cheio de não me toques. E o América sempre freguês dos vascaínos.

Os dois times disputaram o primeiro jogo entre profissionais cariocas, em 1933, em São Januário, vitória vascaína, 2 a 1. E em 1937 realizaram o "clássico da paz", comemorando o fim da briga entre os clubes do Rio de Janeiro, que até então formavam duas ligas. A vitória foi do Vasco: 3 a 2.

Jogaram a melhor de três para decidir o campeonato de 1929: 0 a 0, 1 a 1 e Vasco 5 a 0, quando o zagueiro Floriano e Osvaldinho foram acusados de suborno e nunca mais jogaram futebol.

E travaram partida decisiva do primeiro campeonato disputado no Maracanã, em 1951, mais uma vitória vascaína: 2 a 1, diante de cento e vinte e dois mil torcedores.

Os jogadores estranharam outra partida no Maracanã. Reclamaram, cuspiram fogo, mas não havia outra saída a não ser jogar. Foi uma vitória de virada por 3 a 2, tento decisivo do tanque Leônidas da Selva, e que entrou para a lista dos mais bizarros e estranhos de todos os tempos: gol plantando bananeira.

O Vasco dominou o primeiro tempo, Sabará e Pinga destruíram nas pontas, Walter Marciano arrasou no meio-campo e Dinamite deu muito trabalho aos zagueiros.

No intervalo, Martim Francisco tirou Romeiro e colocou João Carlos, que, matreiro, acabou com a banca do meio-campo vascaíno. E o ataque com Canário, Maneco e Edu estraçalhou. Finalmente, a entrada de Leônidas da Selva, no finzinho, liquidou a fatura.

Estava 2 a 2, faltava um minutinho para terminar o jogo. O goleiro vascaíno Carlos Alberto chutou fraco o tiro de meta e o balão caiu pertinho da grande área. Leônidas, na corrida, viu a bola quicar e se atirou. Fincou as duas mãos no chão plantando bananeira, de ponta-cabeça e de costas para o goleiro. A bola bateu no calcanhar e foi direto para o fundo do gol.

A multidão ficou boquiaberta. Atônita. Jamais viram um gol como aquele. Nem com Pelé!

Jorge Cury, Waldyr Amaral, Oduvaldo Cozzi, Clóvis Filho e Doalcey Camargo, as vozes famosas do rádio carioca, gritavam ao microfone que o que estava acontecendo no Maracanã era sobrenatural.

Não é normal, meu Deus! Não é normal, berrava Jorge Cury.

Vou morrer e não vou ver coisa igual, torcedor amigo, comentava Waldyr.

O maior do mundo nesta tarde majestosa acaba de entrar para a galeria dos gols mais misteriosos do universo, narrava Oduvaldo.

Não sei, não, me deu a impressão de ter participação do capeta nesse gol, justificava Clóvis Filho.

Golaço, golaço, golaço, esse Leônidas é mesmo uma figura, gritava Doalcey, torcedor do América.

Leônidas da Selva saiu carregado nos ombros dos companheiros. A torcida americana aplaudiu durante meia hora. Martim Francisco invadiu o campo e se jogou no pescoço do artilheiro. Felipinho, Hélio Palavrão e eu, abraçados, ríamos sem parar. Tia Ruth, Manduca e mais uns vinte torcedores veteranos precisaram ser atendidos na enfermaria do estádio.

No vestiário, com todo mundo ainda abobalhado, Leônidas lembrou que esse gol não era novidade. Já havia feito um igualzinho contra o Galatasaray, em Ancara, na Turquia, em maio de 1953, numa excursão do América pela Europa. Foi manchete em todos os jornais europeus. Disse que o gol era resposta a quem o chamava de grosso.

Fui da seleção brasileira de 1956 e 57. Joguei ao lado de Mestre Ziza. Parece que o pessoal esquece rápido.

O que Leônidas não sabia é que este gol plantando bananeira teve participação do Sobrenatural de Almeida.

Sobrenatural estava inquieto com 2 a 2. Espremido no meio da torcida, todo de preto, mas invisível aos olhos da multidão, lembrou-se do que lera numa reportagem na *Revista do Esporte* — ou seria *Manchete Esportiva?* —, do Michel Laurence e Roberto Salim, falando desse gol histórico na Turquia. Foi aí que teve a inspiração. Pulou para dentro do campo, empurrou Leônidas de encontro à bola e o fez plantar bananeira para não dar de cara no chão.

Bem que Pai Santana estranhou esse gol, ficou sondando o Pai Jeremias para ver se descobria alguma coisa, mas ele guardou segredo. Apesar de torcer como doido pelo Vasco, achava muito interessante a experiência americana. E pensou em um dia replicá-la no seu time.

O sucesso da partida com o Vasco provocou outro pedido que poderia ser atendido sem problemas: Doalcey

Bueno de Camargo, *speaker* da rádio Tupi, virou o narrador oficial de todos os nossos jogos e em todas as emissoras. Giulite bancou do próprio bolso a compra dos horários.

Os gols americanos sempre ficavam mais bonitos na voz aveludada de Doalcey.

Cruzei na saída com o tal Miranda. Não me cumprimentou e ainda cuspiu para o lado. Vermelho de raiva, soltando faíscas, gritava pelos corredores: *Ou nós ou eles. Vamos partir pra porrada.*

Ficha técnica	América 3 × 2 Vasco
Local	Maracanã
Público	74 657
América	Ari, Jorge, Djalma Dias, Wilson Santos e Ivan; Amaro, Romeiro (João Carlos), Bráulio (Leônidas da Selva); Canário, Maneco e Edu (Eduardo). Técnico: Martim Francisco
Vasco	Carlos Alberto, Paulinho, Joel Santana, Fontana e Eberval (Pereira); Maranhão, Lorico (Saulzinho) e Walter Marciano; Sabará, Roberto Dinamite (Delém) e Pinga. Técnico: Yustrich
Gols	Sabará, aos 27 e Maneco aos 40 do 1º; Pinga, aos 22, Bráulio, aos 35 e Leônidas aos 44 do 2º
Juiz	José Marçal Filho

Apareceu uma espalhafatosa faixa da torcida *Pau Neles*: *Vingamos o campeonato de 50. Chupa, Miranda!*

O time de mortos-vivos seguia o compromisso à risca. O gol do além lavou a alma de derrotas históricas. E, mais do que nunca, vingou os 2 a 1 de 1950, disputado em janeiro do ano seguinte, quando, depois de dezessete partidas invictas e quatro pontos à frente, o América empatou com o Canto do Rio, perdeu para Bangu e entregou o campeonato de bandeja ao Vasco.

Naquela conquista, a torcida vascaína fez uma paródia para sacanear os americanos, alterando versos do "Zum--Zum", de Fernando Lobo e Paulinho Soledade, sucesso de Dalva de Oliveira, em 1950, música em homenagem ao comandante Edu, fundador do *Clube dos Cafajestes*, grupo de playboys da Zona Sul, que morreu num desastre pilotando um daqueles *Constellation* da Varig:

Ôi Zum-zum-zum-zum/ Vasco dois a um/ Ademir pegou a bola/ e desapareceu/ foi mais um campeonato/ que o Vasco venceu.

Demos o troco:

Ôi, Zum-zum-zum-zum/ América três a dois/ Leônidas pegou a bola/ e desapareceu/ foi mais um campeonato/ que o Vasco perdeu.

Emoção em Campos Sales

A inauguração do estádio lembrou as minhas primeiras incursões na Tijuca. Do zigue-zague diário pelas ruas, avenidas, becos, praças e travessas com nomes de presidentes, poetas, médicos, generais, nobres, políticos e santos.

Tinha oito anos quando nos mudamos do bairro vizinho do Catumbi para a Tijuca, precisamente Rua Afonso Pena. Minha irmã tinha acabado de nascer, a casa ficara pequena, além da barra-pesada que começava a se instalar por lá.

O prédio era baixinho, nosso apartamento ficava no terceiro andar e a visão que tive ao entrar na varandinha ficou retida na minha memória para sempre: uma enorme bandeira vermelha colocada no mastro da sede de Campos Sales acenando pra mim, só pra mim, num afetuoso gesto de boas-vindas.

Eu torcia pelo Fluminense. No ano anterior ganhara um lindo escudo do compadre do meu tio Vicente. O nome dele era Laís, jogou no meio-campo tricolor, foi tricampeão carioca em 1917/18/19, e vivia distribuindo penduricalhos para a criançada para incentivá-las a torcer pelo time dele. Eu me orgulhava de usá-lo preso na camisa com as cores grená, verde e branco.

Em Campos Sales virei casaca na hora.

Eu estudava no colégio São Bento, na Praça Mauá, centro da cidade, junto ao cais do porto. No caminho encontrava as *mariposas* que faziam ponto no bar Flórida, do famoso bicheiro Zica, onde também se reuniam as *macacas* de auditório do Cauby, a rádio Nacional ficava em frente. Era chegar em casa, jogar a pasta na cama, trocar rapidinho de roupa e me mandar para o clube.

Quando voltava de bonde, Méier 99 ou Lins de Vasconcelos 75, ficava imaginando como estaria Campos Sales, com aquele montão de gente jogando basquete, futebol de salão, vôlei, bebendo no bar, treinando natação ou peteca americana — esporte inventado no clube, misto de vôlei e futebol de salão. Se chegasse a tempo de assistir aos treinos dos meus craques de futebol, a vida era um sonho realizado.

Os craques rubros desfilavam categoria no gramado do pequeno estádio. Para vê-los de perto em dias de jogos, dezenas de torcedores lotavam as arquibancadas. Atrás de um dos gols, do lado oposto à entrada da sede, havia o morro — chamávamos de barreira, na Colina do Matoso, próximo ao hospital São Vicente de Paulo — onde muitos torcedores do time visitante se apinhavam para assistir a partida de graça.

A entrada do América em campo arrepiava. Só a emoção de um gol superava aquele momento. Os jogadores elegantíssimos com calções brancos, meias listradas, camisas vermelhas com enorme escudo AFC e número nas costas, passavam pertinho de nós, crianças, agarradas ao alambrado. Podia até tocar neles enfiando as mãos nos buracos da grade. A proximidade era tanta que dava pra sentir o cheiro do óleo de massagem que Olavo e Natalino passavam na perna dos jogadores.

Eram dias absurdamente especiais. A gente gritava:

Pompeia, olha eu aqui! Canário, não vai pro Real Madrid, não! Edson, você é o maior zagueiro do mundo! Leônidas faz um gol pra gente ver! Alarcon, você é craque!

Melhor do que isso, só dois disso ou quando o América jogava contra os grandes no Maracanã. Foi assim durante muito tempo, até me mudar para o Largo da Segunda-feira, Rua Félix da Cunha, não muito longe da sede.

Sempre quis saber o porquê do nome Largo da Segunda-feira. Luiz Antônio Simas em uma de suas *Histórias Brasileiras*, matou a curiosidade.

Pertinho das águas caudalosas do Trapicheiro, na encruza da São Francisco Xavier com o ponto em que a Conde de Bonfim vira Haddock Lobo, estende-se o Largo da Segunda-feira, um dos pontos de referência da Tijuca.

Naquele local, em 1762, existia um canavial, herança dos tempos em que os jesuítas ocuparam o pedaço, cortado por um riachinho, sobre o qual havia uma ponte. Em certa segunda-feira, ao lado da ponte, mataram um sujeito (coisa de traição à sorrelfa), jogaram a cabeça do sujeito nas águas e enterraram o corpo no local. Uma cruz foi erguida para encomendar o defunto (foi tirada em 1880) e o larguinho passou a ser chamado pelo dia do crime: da segunda-feira.

Considero o Largo da Segunda-feira um ponto ideal para feitiços e mandingas de todos os tipos: encruzilhadas, assassinatos, defunto enterrado, olhos vazados, cabeças jogadas no arroio. É tiro e queda, como dizia minha avó.

Há quem afirme que o defunto em questão vaga pela Tijuca com a maior desfaçatez, ignorando a morte e se comportando como se estivesse vivinho da silva.

... É por isso que dou aos amigos uma dica preciosa. Passeie e jogue conversa fora nos botequins da Tijuca. O desconhecido que puxa o papo pode ser o fantasma do Largo da Segunda-feira, alma perene que por amor ao chão da aldeia ignorou a morte e permaneceu, tijucanamente, entre nós.

Erasmo Carlos, que viveu no pedaço, e o parceiro Roberto, homenagearam o Largo, em música de 1972:

No Largo da Segunda-feira/ onde eu morei um dia/ entre gatos, periquitos/ plantei minha folia/ e era normal/ alçapões montados em meu quintal/ surdo e fantasia no Carnaval/ meus remédios, minhas pipas, meus colégios/ Matoso, Praça da Bandeira/ meu caldo de cana...

Cinquenta e tantos anos depois, quando coloquei os pés no gramado de Campos Sales, senti, imagino, emoção igual ao do grande escritor Marques Rebelo, fanático torcedor do América, quando pisou lá pela primeira vez e registrou-a na crônica semanal que tinha no *Diário Carioca*.

... revi aquela tarde radiosa de 1913, quando pela primeira vez pisei no campo da rua Campos Sales e não compreendia bem. As camisas eram vermelhas, e estufavam-se com o vento nas corridas dos jogadores, e a bola subia muito alto no céu azul, ora caía na esmeralda da grama com um barulho surdo que nunca mais esqueci.

Passei mal de tanta emoção, pensei que fosse desmaiar, mas logo me recuperei e corri para a porta do estádio, onde Giulite e Braune já recebiam os convidados. Os quinze mil ingressos se esgotaram rapidamente e os dez mil torcedores que ficaram de fora queriam entrar de qualquer jeito. A Polícia Militar teve trabalho para contê-los.

Os shows começaram a rolar desde cedo com bandas de rock, desfile dos fuzileiros navais, grupos circenses e esquadrilha da fumaça. A Tijuca estava engalanada, apesar das reclamações da Associação de Moradores e da TFP. O clima era de festa. O estádio, para orgulho dos torcedores americanos, voltava para a Tijuca.

O time do Noel

A primeira partida em Campos Sales foi em 1911, vitória do América sobre o Rio Cricket, 3 a 1, mesmo ano em que o grande escritor Lima Barreto lançava em capítulos no *Jornal do Comércio*, *O triste fim de Policarpo Quaresma*, sua maior obra. Para Lima Barreto, o futebol era uma *escola de violência e brutalidade* e por isso deveria ser combatido *de todos os modos e feitios*. Em compensação, João do Rio, grande cronista e contemporâneo de Lima, adorava o novo esporte.

A sede passou por reformas e ampliações até o campo de futebol ser demolido em 1962 e se bandear para o Andaraí, na Teodoro da Silva, rua onde nasceu Noel Rosa, o poeta da Vila.

Noel Rosa, que não viu o América se mudar para a sua rua porque morreu em 1937, aos vinte e seis anos, não torcia por nenhum time, segundo João Máximo, que escreveu junto com Carlos Didier, admirável biografia do genial compositor. João mandou e-mail explicando:

Ele dava a impressão de gostar dos times pequenos da época, principalmente do vizinho Andaraí, que era também um clube social frequentado por ele. Mas não era muito chegado ao futebol.

A primeira vez que entrevistei Lindaura, a viúva, para Fatos e Fotos, *em 1975, ela me disse que ele era Flamengo. A outras pessoas citou o América, confirmando o que Mário Reis teria dito.*

Mário Reis, parceiro de Noel, e grande conhecedor de futebol, incluiu o compositor da Vila Isabel no rol dos torcedores do América, como ele, em artigo publicado em O Globo, *em outubro de 1961.*

Em meus novos ambientes, em 1935 mudei-me da Tijuca para Copacabana e não pude mais frequentar nossa sede, mas sou e serei sempre um torcedor ferrenho, permanente divulgador de suas glórias. E no mundo da música formo, com Noel Rosa, Francisco Alves, Carlos Galhardo, Sílvio Caldas, Lamartine Babo e tantos outros, a bancada americana.

Prossegue João Máximo, mas a mim, em 1981, o mesmo Mário contou a história que está na primeira nota de pé da página 399 de nosso livro.

— *Por qual clube torcia Noel Rosa? Provavelmente por nenhum.* Jacy Pacheco nos informa em Noel Rosa e Sua Época *(página 50) que o primo era "mengo". Lindaura de Medeiros Rosa já diz ter a "impressão" de que o marido torcia pelo América. Assim como Lamartine Babo, Sílvio Caldas, Francisco Alves e Mário Reis. Este, porém, autoridade tanto em Noel como em futebol, garantiu aos autores "Ele não ligava pra isso. No máximo, torcia pelo Andaraí ou por um daqueles clubezinhos decadentes de Vila Isabel".*

Velhos amigos de bairro, entre eles Arnaldo Araújo e Affonso Guimarães, o Afonsinho da Copa de 1938, concordam com Mário. Noel vivia o futebol meio à distância. Interessava-se, apenas, pelo destino dos modestos clubes do lugar, o Vila, o Confiança, o Andaraí, condenados a desaparecer.

Seja como for, Noel, em sua fantástica e extensa obra, mesmo morrendo jovem, quase não falou de futebol. Em suas duzentas e cinquenta e nove músicas poucas fazem referências ao esporte. Em "Conversa de Botequim":

Seu garçom... vá perguntar ao seu freguês ao lado/ qual foi o resultado do futebol. Em *"Quem dá mais?": Ninguém dá mais de um conto de réis?/ O Vasco paga o lote na batata/ e em vez de batata/ oferece ao Russinho uma mulata.* Em "Mulher Indigesta": *Mas que mulher indigesta/ Merece um tijolo na testa/ Essa mulher não namora/ Também não deixa mais ninguém namorar/ É um bom center-half pra marcar/ Pois não deixa a linha chutar.* Outro samba, "A melhor do planeta", diz:

Tu foste dançar par constante/ Num baile de um clube da Liga Barbante/ Tu abafaste a orquestra/ Dizendo ser mestra/ Pior para o Palestra...

A Liga Barbante, explica João Máximo, era uma espécie de subsegunda divisão da época, reunindo clubes pobres dos subúrbios cariocas. E não se sabe se o Palestra foi apenas uma rima ou se tinha algo a ver com os clubes paulista e mineiro.

E há ainda uma paródia de tango argentino — que não deu pra identificar — dizendo assim: *Seu Jorge turco tem três anos de Brasil/ E quando bebe mais que um barril/ Encurta o pano de qualquer freguês/ comprou por 101 120 réis/ Uma barata pra passear com a mulata/ Que ele roubou de um português/ E a mulata, que era torcida do Vasco da Gama/ pra comprar colchão vendeu a cama...*

Zagalo e o tico-tico no fubá

A festa do novo-velho estádio de Campos Sales emocionou até quem não torcia pelo América. Os clubes vizinhos, Tijuca Tênis Clube, AABB, Monte Sinai, Montanha, Atlética Tijuca e Municipal, e os portugueses Casa dos Poveiros, Trás os Montes, Casa das Beiras, Casa do Porto, Casa dos Açores, Casa dos Lafões, Orfeão Portugal, Orfeão Português e Vila da Feira enviaram delegações uniformizadas com flores e faixas de saudação.

Zagalo, convidado a dar o pontapé inicial da partida, foi às lágrimas quando chegou ao estádio.

Mário Jorge Lobo Zagalo começou a carreira de jogador em Campos Sales. Além de jogar no time juvenil de futebol, foi campeão de tênis de mesa. Depois que se transferiu para o Flamengo morou ainda por muito tempo nos arredores do América. Quando jovem, vibrava com o ataque do tico-tico no fubá e quando foi técnico da seleção brasileira, em 1974, antes do jogo em que o Brasil seria eliminado na Copa da Alemanha disse que *este time da Holanda faz o que o América do tico-tico já fazia anos atrás*.

Para ninguém estranhar o novo estádio como aconteceu no Maracanã, tomamos providências. Com mais de cem caminhões de terra, montamos, atrás de um dos gols, um morro igualzinho ao do antigo estádio. A velha barreira estava de volta. E cheia de torcedores, como sempre.

A partida inaugural do estádio foi contra o Bangu, que fazia boa campanha. A outra atração do dia era a estreia do ataque tico-tico no fubá no torneio: China, Maneco, César, Lima e Jorginho. O apelido que deram ao malicioso ataque veio com o sucesso da música de Zequinha de Abreu gravada por Carmem Miranda na década de 1940.

Um tico-tico só,
Um tico-tico lá
Está comendo todo
Todo meu fubá

Os atacantes americanos ciscavam pra lá e pra cá. Faziam como os tico-ticos. Chegavam até a cara do gol e voltavam com a bola. Gol, para eles, era apenas um detalhe, como muitos anos depois descobriu o técnico Carlos Alberto Parreira. Houve mais de uma formação do tico-tico no fubá, como esta com Natalino, Maneco, Dimas, Ranulfo e Jorginho. O ponta-esquerda Esquerdinha — não o do Flamengo —, jogou muitas vezes como titular no time original, deslocando Jorginho para o lugar de China, na ponta-direita.

O América não ganhava títulos, perdia jogos, mas chamava a atenção pela maneira ousada e diferente de jogar. Era um sucesso!

Martim Francisco, apesar das críticas por parte da torcida, não via perigo em mexer no time. Além disso, havia muita curiosidade em torno do famoso ataque.

Pra falar a verdade, eu tinha receio. Se o América levasse ferro, o campeonato poderia parar no lixo. Por outro lado, queria ver os caras jogando. Eles haviam sido sensacionais, maravilhosos, quando eu ainda engatinhava. Giulite e Braune estavam inquietos:

Será que vai dar certo?

E não é que deu?

O América venceu por 2 a 1 e a turma do tico-tico no fubá se saiu muito bem. Cansaram, é verdade, mas a plateia foi ao delírio com os dribles para lá e para cá.

O estádio quase veio abaixo quando a bola foi de pé em pé de China para Maneco, deste para César, de letra para Lima, que esticou para Jorginho, que cruzou de volta para China, na direita e começar tudo de novo. E começou. Bola para Maneco...

Até que o zagueiro Darcy Faria, irritado, entrou para rachar no *Saci de Irajá* e o jogou para longe.

O tico-tico no fubá é o precursor do tiki-taka. O Barcelona de Guardiola é cópia pura.

O famoso ataque ganhou até música de Mestre Monarco, da Velha Guarda da Portela, torcedor americano e que veio a Campos Sales prestigiar os novos velhos craques vestido a rigor: sapatos e terno brancos, chapéu-panamá e camisa vermelha. Sentou-se ao lado da família Diniz e de Dona Ivone Lara, torcedora rubra desde menina, quando morava ao lado do estádio e ia assistir aos jogos com os tios.

Saudades da minha infância querida/ Lindos momentos felizes que tive na vida/ Saudade do saudoso Lamartine/ Que exaltava nosso time com alegria/ Hei de torcer até morrer/ Assim o poeta dizia.

E vamos no embalo da águia/ voa América, vem cá, vem cá/ saudades de Carola e Danilo/ futebol em grande estilo/ e do Saci de Irajá.

Daquele tico-tico no fubá...

Ficha técnica	América 2 × 1 Bangu
Local	Campos Sales
Público	14 653
América	Ari, Jorge, Djalma Dias, Sebastião Leônidas e Wilson Santos; Ivo e Lima (João Carlos); China (Edu), Maneco, César (Luizinho) e Jorginho. Técnico: Martim Francisco
Bangu	Fernando, Fidélis, Darcy Faria, Zózimo (Luiz Alberto) e Ari Clemente; Décio Recaman (Moacir Bueno) e Décio Esteves; Correia, Ubaldo, Cabralzinho e Nívio (Bianchini). Técnico: Alfredo Gonzales
Gols	Maneco, 35, e Nívio, 44, do 1º. Edu, 30 do 2º
Juiz	Valquir Pimentel

O meio-campo Ivo Wortman vibrava com o resultado. Achou que não aguentaria tanta emoção, tinha o coração fraco, aliás, responsável por abreviar a sua carreira. Chegou ao América vindo do Grêmio, foi campeão da Taça Guanabara em 1974 e formou com Bráulio um meio-campo inesquecível.

Barrado no exame médico quando se transferia para o Atlético de Madrid, voltou ao Brasil arrasado. Ainda jogou pelo Palmeiras, mas nunca mais foi o mesmo; foi ser técnico depois que pendurou as chuteiras.

Quem esteve em Campos Sales para ver a partida foi o craque palmeirense Ademir da Guia. Fez questão de comparecer como homenagem ao velho pai, Domingos da Guia, considerado o maior zagueiro do futebol brasileiro de todos os tempos, que, em 1932, quando deixou o Bangu, aos dezenove anos, antes de se transferir para o Vasco, jogou por dois meses no América.

Heleno e o goleiro gaveteiro

Com o velho estádio de Figueira de Melo interditado, a partida contra o São Cristóvão foi para o Moça Bonita, campo do Bangu. Se fosse no Maracanã levaria, por baixo, quarenta mil torcedores. Além do São Cristóvão, ainda faltavam três jogos para a final, contra Botafogo, Portuguesa e Flamengo. O São Cristóvão era um timinho fraco, mas algo me dizia para tomar cuidado, desconfiava que o tal Miranda e sua corja fossem aprontar. Então parti para o ataque antes que eles tomassem a iniciativa.

Vamos comprar o goleiro deles, Vadinho, velho gaveteiro. E, além do mais, é conhecido do Olavo, massagista, o que facilita as coisas. Fazemos isso ou o pessoal do Flamengo combinado com o Miranda compra um dos nossos, como fizeram com Osvaldinho, na melhor de três de 1955.

A final do campeonato de 1955 contra o Flamengo traumatizou para sempre a torcida americana. Além da perna quebrada do Alarcon, teve a história de que o zagueiro Osvaldinho se vendeu. Depois da decisão, o América o despachou para o Sporting de Portugal, e nunca mais se soube dele. Até hoje, quando o Flamengo entra em campo, os velhos americanos gritam:

Vocês quebraram a perna do Alarcon, seus safados. E compraram o Osvaldinho, seus safados!

Há outra versão que conheço desde menino, dizia-se que não foi só o Osvaldinho que se vendeu: Alarcon — vejam só! — estaria no esquema. Diziam que o argentino não teve a perna quebrada, que foi apenas uma torção com a pancada que levou de Tomires. E que poderia continuar jogando.

Hélio Palavrão fez o serviço direitinho. Vadinho ganhou um carro usado, mas em bom estado, para deixar passar uma bola. Mas foi suado. Disfarçou bem, fechou o gol até o finzinho. Saltava, pulava, virava um gigante na frente dos atacantes. Eu, impaciente, olhava para o Hélio e gesticulava. Palavrão fazia sinal de *calma, vai dar tudo certo*. E deu. Canário cruzou na área, Vadinho foi com mão de quiabo e a bola sobrou livre para Luizinho marcar de cabeça o gol salvador. Minha nossa!

Ficha técnica	América 1 × 0 São Cristóvão
Local	Moça Bonita
Público	18 643
América	Ari, Orlando Lelé, Alex, Sebastião Leônidas e Wilson Santos; Ivo, Bráulio e João Carlos (Romeiro); Canário (China), Luizinho e Edu (Jorginho). Técnico: Martim Francisco
São Cristóvão	Vadinho, Lauro, Sulimar, Osmindo e Medeiros; Benedito, Cabo Frio (Ivo Sodré) e Santo Cristo; Olivar, Genivaldo e Motorzinho (Sarcinelli). Técnico: Gradim
Gol	Luizinho, aos 43 do 2º
Juiz	Eunápio de Queirós

O mais famoso América × São Cristóvão foi disputado em 4 de novembro de 1951, quando Heleno de Freitas já decadente, gorducho, corroído pela sífilis, jogou pela primeira e única vez com a camisa rubra no Maracanã. Ele que encantara plateias com as camisas do Botafogo, Vasco, Boca Juniors, Junior de Barranquila, da Colômbia (quando deixou Gabriel García Márquez boquiaberto), e de seleções cariocas e brasileiras.

Heleno, o craque-galã, só jogou vinte e cinco minutos, discutiu com os companheiros, se irritou e abandonou o campo, transfigurado. O São Cristóvão venceu por 3 a 1 e Heleno nunca mais jogou profissionalmente. Enlouquecido, viciado em éter, morreu em 1959, abandonado num hospício de Barbacena.

CBF ameaça

O sucesso do time dos mortos-vivos ultrapassou fronteiras. O América aproveitou brecha e excursionou pela Ilha da Madeira, Lisboa e cidade do Porto, sob o comando do famoso Zé da Gama. Tudo começou com a carta que o empresário recebeu do presidente do Marítimo, da Ilha da Madeira, querendo um jogo com os *zumbis*. Ele fez duas exigências: a presença de Pompeia, porque, em 1962, o *Constellation* havia estraçalhado na vitória do América por 2 a 1 ao defender pênalti do craque português Manqel Joaquim. A outra exigência era a ida de Otto Glória para ser homenageado por levar a seleção portuguesa ao terceiro lugar na Copa de 1966, na Inglaterra, timaço onde brilhou a geração de Eusébio e Coluna, além de comandar com sucesso o Benfica, o Porto, o Sporting e o Belenenses.

Muita gente no Brasil achava que Otto Glória era português, tanta a identificação dele com Vasco e Portuguesa, times da colônia Portuguesa que dirigiu com sucesso. É dele saborosa frase sobre o técnico de futebol:

Quando perde é uma besta. Quando vence, é bestial!

Os jogadores viajaram de avião, depois de difícil trabalho realizado por Joãozinho da Gomeia, Pai Jeremias e Seu Sete da Lira. O América venceu as três partidas; Nacional, 1 a 0, gol de Eduardo; Sporting, 3 a 2, gols de Romeiro e Luizinho (2) e o Porto, 1 a 0, gol de Canário. Os estádios ficaram coalhados de gente. A imprensa portuguesa deu enorme destaque à passagem do time de mortos-vivos. O jornal *A Bola* lançou caderno especial e bateu recorde de vendas. A RTP dedicou inusitadas horas de programação ao vivo, exclusivamente sobre a passagem do América em território português.

Com tanta badalação o América conseguiu, finalmente, um patrocínio com a Funerária Timóteo, a maior e mais tradicional casa do ramo de Portugal, especializada em cremações e transladados. Leônidas da Selva foi comparado pela crítica ao craque Eusébio e João Carlos a Coluna, jogadores moçambicanos famosos do Benfica e da seleção portuguesa. Pompeia fez os patrícios passarem a achar o grande Costa Pereira um goleirinho de meia-tigela.

Zé da Gama era especialista em levar pequenos times cariocas para intermináveis excursões pela Europa e Ásia. Fez assim com Madureira e Portuguesa, que viajaram durante meses de um lado para o outro do mundo na década de 1960. Queria prorrogar a estadia americana porque o sucesso era inacreditável, mas não havia datas disponíveis.

O América voltou coberto de glória e o dinheiro ganho na excursão foi repassado às famílias dos jogadores. Com as três vitórias o time rubro completou 161 jogos contra seleções, times e combinados estrangeiros, com 210 gols a favor e 104 contra.

Ao tomar conhecimento das partidas, a Fifa suspendeu os três times portugueses por um ano. Achou um desrespeito times europeus enfrentarem um bando de mortos-vivos. Queria ver se teriam coragem de fazer o mesmo se fosse com o Real Madrid ou Barcelona.

Os ex-presidentes do América e eu fomos chamados pela CBF para *uma conversa séria*, segundo o assessor de imprensa Rodolfo Valentino, todo engomadinho, puxa-saco da cartolagem. Recusei-me a ir e achei melhor que Braune também não fosse, esquentadinho como é. Giulite, sempre calmo e pés no chão, foi ao encontro do presidente Marinho, velho reacionário paulista e substituto de Richard Pereira, que se pirulitou para Miami, acusado de corrupção até a raiz dos cabelos.

Giulite, empresário no ramo de móveis, rico, sofisticado, comandou a CBF em dois mandatos nos anos 1980. Foi quem levou Telê para dirigir a inesquecível seleção brasileira em 1982. Por não se deixar levar em maracutaias e negócios escusos, arranjou desafetos entre a cartolagem. Por tabela, o América acabava sendo tratado com mesquinharia e perseguição por adversários de Giulite.

Durante toda a vida ele pôs dinheiro do próprio bolso para ajudar o clube. Quando morreu em 2009, o América foi de vez para o brejo, porque até contas de luz e água Giulite pagava. No primeiro mandato como presidente americano, em 1956, ficou conhecido como o *homem do cachimbo branco*; gostava de fumar na boca do túnel, no Maracanã, ao lado do técnico e do médico.

Braune, alto funcionário da Caixa Econômica, era temperamental. Costumava sair no braço com adversários políticos e torcia como louco pelo América. Certa vez, em 1958, desesperado com o ataque americano que não fazia gols, contratou um ascensorista da Caixa Econômica, que jogava no time dos funcionários. Chamava-se Selmo e foi um dos piores atacantes que o América teve em todos os tempos. A contratação esdrúxula entrou para o folclore.

No prédio da CBF, Giulite ficou impressionado com o luxo da sede na Barra da Tijuca, coisa pra nenhum xeque árabe botar defeito. Quem o recebeu, além do dirigente, foi o recém-empossado garoto-propaganda da entidade, o ex-treinador Carlos Roberto Paineira que, deslumbrado com o luxo das dependências do órgão máximo do futebol, não parava de exclamar: *O Brasil que deu certo*.

Marinho e Paineira repreenderam Giulite pela excursão à Europa e ameaçaram repetir com o América o que a Fifa fizera com os clubes portugueses: suspensão de um ano das competições oficiais.

Giulite argumentou que foi o jeito que encontrou de trazer um bom dinheiro para o clube, mas que a história não se repetiria. Marinho e Paineira cederam, advertindo *tudo bem, mas foi a última vez!*

O velho presidente não passou recibo. Ao se retirar, com ar de indignação, ironizou:

Em vez de construir essa sede faraônica a CBF deveria gastar este dinheiro com os clubes. Mas vocês vivem em um castelo medieval, cercados de pompas. Têm horror aos torcedores, jogadores e aos clubes. Não têm moral para punir ninguém. Passem bem! E bateu a porta.

O craque Bráulio, indignado com a bronca da CBF, queria entrar em contato com o Bom Senso Futebol Clube e falar com Paulo André, líder do movimento. Argumentei que enquanto estivesse no papel do craque irreverente do América de trinta e tantos anos atrás, não teria jeito. Depois que tudo terminasse, aí sim, poderia agir combatendo os cartolas, exigindo a cabeça dos homens que atrasam o futebol.

Tudo bem, tudo bem, mas me aguardem. Precisamos salvar o futebol desses caras. O Bom Senso é demais, precisa ser ouvido.

O Quartel da tortura

Era a hora de inaugurar os bustos em Campos Sales. Depois da votação dos sócios e torcedores, travou-se a polêmica. Entrariam só jogadores que estavam fora da lista dos vinte e cinco?

Como não houve acordo, bati o martelo e decretei que os três maiores artilheiros do clube, Luizinho, Edu e Maneco, mereciam um busto. Questão encerrada.

A lista: Marcos Carneiro de Mendonça, Belfort Duarte, Carola, Chiquinho, Osvaldinho (não o zagueiro e sim o atacante Osvaldo Mello, a *Divina Dama*) e Amílcar Teixeira Pinto — relacionados lá atrás pelo grupo do Felipinho.

E mais:

Joel — impecável goleiro campeão carioca em 1928 e 1931 e da seleção brasileira; **Danilo Alvim** — o *Príncipe*, ídolo nos anos 1940 até se transferir para o Vasco, onde virou mito. Jogou a Copa de 1950 e foi técnico do América em 1974; **Plácido** — um dos maiores artilheiros do clube, que ficou famoso por jogar com braço quebrado na tipoia contra o Vasco, em julho de 1939. Campeão em 1935 e também técnico do clube na década de 1960; **Penaforte** —

zagueiro campeão em 1928 e 1931 e que jogou várias vezes pela seleção brasileira; **Hermógenes** — campeão em 1928 e 1931 e lateral direito titular da seleção brasileira na Copa de 1930; **Ojeda** — chileno campeão de 1916, um atacante fora de série.

O América tem em sua história cinquenta e sete jogadores convocados para seleções brasileiras. Na primeira Copa, em 1930, no Uruguai, o goleiro Joel e o lateral Hermógenes; e na de 1938, na França, o zagueiro Brito. Na primeira partida oficial da seleção brasileira, em 1914, contra o Exeter City, o atacante rubro Osman fez o segundo gol brasileiro na vitória por 2 a 0.

Em altíssimo astral, Campos Sales recebeu uma multidão e Luizinho, Edu e Maneco participaram da festa. Edu chorou quando foi anunciado que o centro de preparação de jovens, no quartel da Polícia do Exército, na Barão de Mesquita, em frente a Praça Lamartine Babo, receberia o nome de Nando Antunes, ex-jogador do América, irmão de Edu, Zico e Antunes, e que foi preso e torturado porque trabalhava no método de alfabetização de Paulo Freire e tinha uma prima militante do MR-8. Nando foi o único jogador profissional que recebeu anistia política.

Chegou a vez do clássico contra o Botafogo, no Maracanã.

Campos Sales na maior festa e eis que aparecem seis policiais nos acusando de prática ilegal de candomblé e de magia negra. E nos levaram em cana: Hélio Palavrão, Felipinho, Pai Jeremias e eu. Os policiais, barras-pesadas, discípulos da *Scuderia Le Coq*, faziam parte do esquadrão da morte. Eram unha e carne do tal Miranda.

Enquanto prestávamos depoimento ao delegado, mancomunado com o tal Miranda, apareceu Edu Goldenberg, nosso advogado, trazendo pelo braço Sobral Pinto, grande torcedor do América, reencarnado às pressas. O jurista, ferrenho defensor dos direitos humanos, participara do comício na Central dias atrás, assim como fizera na Candelária em 1982, na campanha das *Diretas, já!*

Sobral Pinto deu tremenda bronca nos policiais, dizendo *esse mentor de vocês é que deveria estar preso por pregar intolerância religiosa. Se vocês não sabem — e deveriam saber — a Constituição Brasileira assegura o direito à liberdade de religião.*

E os acusou de abuso de poder. Saímos da delegacia de braços dados com o mestre Sobral, altivo e orgulhoso do alto de seus noventa anos, para celebrar com uma cervejinha gelada no bar do Chico, na Pardal Mallet.

A essa altura, apenas Flamengo, América e Botafogo tinham chances de ficar com o título. Vasco e Fluminense estavam fora. Os três times jogariam entre si nas últimas rodadas. A torcida americana morria de medo do esquadrão botafoguense. Mas, no decorrer da semana, notícias de General Severiano aliviaram o torcedor americano: Louco Abreu e Paulinho Valentim, contundidos, ficariam de fora.

Martim Francisco andava nervoso, enchia a cara todas as noites. Avisado por Jorge Vieira, Giulite deu um esporro homérico no técnico, ameaçando demiti-lo, e alertou para que Jorge Vieira e Otto Glória ficassem de sobreaviso.

Ajuda do Sapo do Arubinha

Era a terceira partida no Maracanã e os jogadores americanos ainda não se conformavam com a reforma do estádio. A primeira vez que o América jogou no maior do mundo foi exatamente contra o Botafogo, em 1950. Venceu por 4 a 2, dois gols de Maneco, partida de estreia do campeonato carioca iniciado vinte e oito dias depois do fim da Copa de 1950.

Quando Amaro soube que o Maracanã passou a se chamar Arena ou New Maracanã, passou mal, sentiu dor de barriga e ficou de fora. Ari, Jorge e Djalma Dias vomitaram no gramado. Lima sofreu outro desmaio. E Pompeia esmurrou tanto a parede que ficou com a mão inchada.

A derrota para o Botafogo deixaria o América praticamente fora da disputa. O empate era perigoso, ainda mais se o Flamengo vencesse o Botafogo na rodada seguinte. A situação do campeonato estava assim:

1) Flamengo, 0 pp
2) América, 1 pp
3) Botafogo, 3 pp
4) Fluminense, 6 pp

5) Vasco e Bangu, 8 pp

A torcida americana não acreditou quando os alto-falantes anunciaram a escalação do time.

Nossa! Como é que pode!

Martim escalou o América no 4-2-4 e com o velho ataque do tico-tico no fubá, exceção do ponta-esquerda Jorginho que deu lugar a Edu.

A torcida berrava:

Você está de porre! Cachaça! Pé de cana! Traidor!

Olhei para Giulite, que espumava de raiva e lamentava não ter mandado Martim embora. Hélio Palavrão e Felipinho ameaçaram ir para casa e ouvir o jogo pelo rádio. Os torcedores, depois de tanto xingar, de repente, espantosamente, se calaram.

Corri atrás de Pai Jeremias que ainda estava no vestiário acendendo defumadores e incensos de todos os cheiros e formatos.

E agora, Pai Jeremias, o que a gente faz? Vamos tomar uma tunda e perder o título. Esse Martim é um safado!

Deixa comigo, vou dar um jeito nisso. Fique calmo, vai dar tudo certo.

Enquanto os jogadores se preparavam para a partida, Pai Jeremias foi para trás do gol onde o Botafogo ia atacar. Cavoucou um buraquinho no chão e enterrou alguma coisa que não deu pra perceber o que era. Se o Sobrenatural de Almeida estivesse por ali seria mais fácil, mas o folgado de novo achou melhor ficar em casa, ouvindo o jogo pelo rádio.

Logo nos quinze primeiros minutos de jogo via-se que o Botafogo jogava melhor, mas não acertava o gol. Em todos os chutes a bola ia para fora, para cima, para o lado ou parava nas mãos de Ari. O artilheiro Quarentinha arrancava os cabelos.

Estranho à beça!

O América ciscava pra lá e pra cá, e apesar do ritmo lento fez 1 a 0, gol de Edu.

No segundo tempo Pai Jeremias foi para trás do outro gol. E a cena se repetiu: o Botafogo dominava, chegava na cara de Ari e chutava para fora. E Canário, do time americano, ainda marcou outro gol nos descontos.

Fim de jogo. Fui falar com Pai Jeremias.

O que aprontou, amigo?

Ando sempre com um sapo morto na mochila. Quando a coisa aperta, rezo para Arubinha e enterro o dito cujo fazendo um pedido. Pedi para eles não acertarem o gol. Deu certo. Pelo América faço qualquer coisa.

Arubinha, ponta-esquerda do Andaraí, enterrou um sapo com boca costurada no gramado de São Januário depois da goleada de 12 a 0 que o Vasco aplicou no seu time em 1937. E clamou aos céus para o time cruz-maltino ficar doze anos sem ganhar título. Dito e feito.

Pai Jeremias estava à vontade com o trabalho realizado, afinal era sobrinho de Arubinha e afilhado do zagueiro Dondon, que jogou no Andaraí e virou letra de música de Mestre Ney Lopes, sucesso de Dudu Nobre.

No tempo em que Dondon jogava no Andaraí/ nossa vida era mais simples de viver/ não tinha tanto miserê/ nem tinha tititi.

Ficha técnica	América 2 × 0 Botafogo
Local	Maracanã
Público	73676
América	Ari, Jorge, Djalma Dias, Sebastião Leônidas e Ivan; Ivo e Lima (Luizinho); China (Canário), Maneco, César (Leônidas) e Edu. Técnico: Martim Francisco

Botafogo	Cao, Moreira, Zé Maria, Jadir e Chicão; Pampolini e Fifi (Afonsinho); Neivaldo, Quarentinha, Arlindo (Fischer) e Artur (Nei Conceição). Técnico: Paulo Amaral
Gols	Edu, aos 37 do 1º e Canário, aos 48 do 2º
Juiz	Armando Marques

Canário, eufórico, comemorava seu belo gol, que não acontecia desde 1959, quando foi vendido para o Real Madrid. Lembrou, comovido, da despedida e da volta olímpica antes da partida entre América e Fluminense, quando foi homenageado pelas torcidas. Era ponta-direita rápido e driblador. Fez nome na Espanha e conquistou títulos importantes ao lado de Kopa, Del Sol, Puskás, Di Stéfano e Gento, no melhor Real Madrid de todos os tempos.

Jamais esquecerei o América. O time que perdeu a melhor de três para o Flamengo era incrível. Até hoje sonho com o ataque: eu, Romeiro, Leônidas, Alarcon e Ferreira. Cá entre nós, não devia nada ao ataque do Real Madrid.

E apareceu mais uma faixa da turma do *Pau neles*:

*Vingamos as Taças Guanabara de 1967 e 2006. Chupa, Cri-
-Cri!*

Cri-cri era o apelido da torcida botafoguense desde 1970, quando o inesquecível cartunista Henfil criou para o *Jornal dos Sports* uma série de novos mascotes para os times cariocas: o Flamengo trocou o marinheiro Popeye pelo Urubu; o Vasco, o Almirante por Bacalhau; o Fluminense, o cartola pelo Pó de Arroz; o América, o Diabo por Gato Pingado, e o Botafogo, o Pato Donald pelo Cri-Cri.

Os mortos-vivos vingaram as finais de 1967, estreia de

Paulo César Caju no Botafogo, que marcou três gols, o da vitória no finalzinho da prorrogação; e a de 2006, quando o soprador de apito William Néri meteu a mão no América, não marcando pênalti clamoroso do goleiro Max no atacante Cris.

A faixa provocativa do *Pau neles* continuava esticadinha lá no alto da arquibancada quando vi Tarzan, chefe da torcida alvinegra, homem forte e brigão, atravessar a arquibancada de um lado a outro acompanhado por uma multidão de botafoguenses, vindo ao nosso encontro. Tremi na base. Dava a impressão de que os torcedores vinham pra cima de nós, que íamos tomar uma surra.

Nada disso! Eles só queriam confraternizar e, juntos, fomos para Campos Sales embalados pelas músicas da charanga do Botafogo. Os *Cri-Cris* prometeram que, no jogo final contra o Flamengo, podíamos contar com eles para animar a festa.

Escapamos de boa.

A vedete do Brasil chegou

O Flamengo passou pelo Bonsucesso, continuava invicto, sem ponto perdido. Faltavam apenas duas rodadas, só o América e o rubro-negro estavam no páreo.

O América enfrentaria a Portuguesa e o Flamengo, o Botafogo. O estádio da Ilha do Governador, interditado, levou a partida contra a Lusa carioca para Moça Bonita, campo do Bangu.

Correria tudo bem se Wolney Braune, tremendo porra-louca, não resolvesse derrubar Martim Francisco e colocar Otto Glória em seu lugar. Na sede ao lado do estádio Braune berrava que Martim sacaneou escalando o ataque do tico-tico no fubá.

Podia ter posto tudo a perder. Só tem um jeito de a gente se livrar desse pé de cana. Colocar o Otto Glória.

Braune tinha seguidores. Torcedores levaram faixas para os treinos pedindo a cabeça de Martim. A imprensa dava como certa a queda do técnico. Martim não suportou a pressão e pediu demissão a Giulite, alegando *fraqueza psicológica.*

Giulite resistiu, Braune perdeu a queda de braço e

Martim Francisco foi reconduzido. O técnico com quem eu sonhava era Elba de Pádua Lima, o Tim, grande amigo e conhecedor de futebol como poucos. Mas como sua passagem pelo América foi curta e ele acabou fazendo cartaz no Bangu, Fluminense, Coritiba, Vasco, San Lorenzo e Seleção peruana, acabei escolhendo Martim. Podia ter escolhido o craque do Flamengo e do Barcelona Evaristo de Macedo, que começou a carreira de técnico no América e chegou a comandar a seleção brasileira, mas quis dar uma chance para Martim ficar de bem com a torcida americana.

Aproveitei para cair de pau em Wolney Braune. Em 1963, quando o ponta-esquerda Abel foi vendido para o Santos estampei em manchete no *Jornal do Brasil*: *América troca Abel por cimento, ferro e areia.*

Braune, enlouquecido, me chamou, discutimos e ele me suspendeu por trinta dias como sócio do clube. Ele batia o jornal enrolado na mesa e gritava *Não é isso, não é isso!* E eu rebatia *É isso sim, é isso sim!* Na verdade era e não era. O Santos comprou Abel com dinheiro vivo e a grana foi usada para construir a sede social que surgiu no lugar do estádio, transferido para o Andaraí.

Quem você pensa que é, Braune, tenho você entalado na garganta desde aquela época. Só não te mando de volta porque acho que, apesar de tudo, você merece ir até o final da história. Mas não faça mais merda, por favor!

Abel poderia estar na lista dos vinte e cinco, jogava muito. Da mesma cidade de Mané Garrincha, Pau Grande, distrito de Magé, Abel driblava como poucos. Pernas finas, meias arreadas, fez sucesso no Santos ao lado de Pelé, Coutinho, Edu e Toninho Guerreiro. É pai de um cantor de reggae, Abel Neto, que de vez em quando aparece como repórter na TV Globo.

Não foi a única lambança da semana, teve outra situação bastante desagradável.

Virgínia Lane, *a vedete do Brasil*, que estava no pacote inicial dos revividos, só reencarnou na véspera da partida contra a Portuguesa. Ninguém soube explicar a demora, mesmo porque ela morreu em Volta Redonda, pertinho do Rio, logo depois da subida da serra das Araras.

Virgínia apareceu trazendo problemas.

Torcedora fervorosa do América, assim que ressuscitou foi toda pimpona assistir a um treino. Ari e Pompeia se apaixonaram na hora. Ela foi de shortinho, salto alto, blusa decotada, exibindo as famosas pernas. Mesmo sem poder se comunicar com ela, Ari e Pompeia queriam agarrá-la a qualquer custo. E acabaram saindo no tapa na frente de todo mundo. Martim expulsou os dois do treino e eles saíram vaiados pelos torcedores. A vedete fingiu que não era com ela.

Virgínia Lane era fanática pelo América. Quando o time foi campeão da Guanabara em 1960, ela gravou um 78 rotações duplo homenageando o clube: "Meu América", de Nelson Castro, e "Marcha da Vitória", de Mirabeau, Hélio Nascimento e J. Gonçalves.

Ela era uma famosa vedete do teatro rebolado, mas tinha um programa infantil na TV Tupi — a maior emissora da época — *Coelhinho Teco-Teco*, onde aparecia fantasiada de coelho, e *Espetáculos Tonelux*, para os marmanjos, que apresentava de maiô e plumas.

Ela participou das chanchadas da Atlântida, ao lado de Oscarito, Grande Otelo e Eliana Macedo. Fez sucesso cantando marchinhas, quase sempre com letras sacanas. Virgínia não chamava a atenção pela beleza, era dentuça e baixinha, apenas um metro e cinquenta e três. O seu borogodó eram as pernas e a simpatia.

O presidente Getúlio Vargas se encantou por ela. Os dois viveram um romance durante anos, e Virgínia jurava que Getúlio não se matou e, sim, foi assassinado. Disse que estava com ele na cama, quando quatro sujeitos armados entraram pela janela e o mataram. Ela se atirou por outra janela do palácio do Catete e caiu estatelada no jardim. Foi encontrada mais tarde pelo chefe da segurança do presidente, Gregório Fortunato, o *Anjo Negro*, com perna, braço e quatro costelas quebradas.

Com todo o respeito pela *vedete do Brasil*, se a versão dela fosse verídica podia pôr por terra uma das mais importantes páginas da história política brasileira, a carta-testamento de Getúlio, quando o presidente se despede antes de se suicidar com um tiro no peito:

Cada gota do meu sangue será uma chama imortal na vossa consciência e manterá a vibração sagrada para a resistência. Ao ódio respondo com perdão. E aos que pensam que me derrotaram respondo com minha vitória. Era escravo do povo e hoje me liberto para a vida eterna...

... Eu vos dei a vida. Agora vos ofereço a minha morte. Nada receio. Sinceramente dou o primeiro passo no caminho da eternidade e saio da vida para entrar na História.

Em 1945, depois do fim do Estado Novo, Getúlio Vargas, *o pai dos pobres*, morava em São Borja, sua terra natal, mas recebia regularmente mensagens que vinham da Tijuca, precisamente da Rua Professor Gabizo, 295, onde funcionava a Occulta Universitas, uma sociedade que se definia como uma *Organização espiritualista para a preparação do Terceiro Milênio e divulgação dos princípios da Era Aquariana*.

O líder dessa misteriosa confraria era um médium ítalo-brasileiro que se chamava Menotti Carnicelli e dizia incorporar uma entidade mística chamada Anael, como descreve Lira Neto no terceiro volume do excelente *Getúlio*.

A casa na Tijuca, a quinhentos metros de onde se construía o estádio do Maracanã, era frequentada por gente importante da sociedade carioca e os rituais de Carnicelli combinavam elementos da maçonaria, espiritismo, umbanda e correntes esotéricas. E, na calçada em frente, ficava a casa onde Erasmo Carlos, o *Tremendão*, morou ainda menino.

A primeira vez que o presidente recém-eleito compareceu ao Maracanã, o maior do mundo, ainda inacabado, foi em 1951. Empolgado com a recepção popular no dia de sua posse, Getúlio quis manter a chama acesa e para isso programou uma grande festa. Teve desfile de bandas militares, apresentação de grupos artísticos e desfile da escola de samba Império Serrano, tricampeã do Carnaval.

E como pano de fundo aconteceu mais um esperado América × Vasco, os dois melhores times da cidade. O esquadrão cruz-maltino contou com sete jogadores vice-campeões mundiais — Barbosa, Augusto, Ely, Danilo, Alfredo, Ademir e Chico, enquanto o América escalou o ataque menos badalado do tico-tico no fubá: Natalino, Maneco, Dimas, Ranulfo e Jorginho. A partida, válida pelo torneio Rio-São Paulo, terminou empatada em 1 a 1, gols de Ademir e Maneco.

Uma partida muito louca

A euforia tinha tomado conta de todos nós, não vou mentir, mas mesmo assim, temeroso com o que pudesse vir pela frente, convoquei uma reunião no terreiro de Joãozinho da Gomeia em Duque de Caxias com a mesma turma que foi à Ilha do Sol. Queria pedir mais algumas coisinhas e orientações porque a toda hora surgiam problemas.

Nem todos puderam ir, mas participaram por *conference call*, sugestão de Hélio Palavrão, familiarizado com a tecnologia.

Joãozinho nos recebeu com fidalguia. Antes da reunião assistimos a dezenas de filhos de santo tomando passes do babalorixá, em uma das salas do espaçoso terreiro. Depois, Joãozinho levou a turma — Pai Santana, Pai Jeremias, Seu Sete da Lira, Papu, Pedro de Castro, Hélio Palavrão e eu — para uma área reservada, onde recebia personalidades da política e do show business. E lá, com Thomas Green Morton e Zé Arigó ao telefone, expliquei tudo direitinho. Pediram que eu tivesse calma, que fariam de tudo para as coisas darem certo, apesar de achar os pedidos de difícil execução.

Antes da partida contra a Portuguesa abri outra exceção e levei a turma ao Bar Brasil, na Mem de Sá, na Lapa. Desde a ida ao Lamas, Wilson Santos e Ari, em nome do grupo, sugeriram outra escapada ao lugar que frequentavam nos tempos de fama. Seu Ézio, o garçom, nos esperava na porta de entrada.

Caíram de boca pra cima do eisbein, do kassler à mineira, com tutu e couve — invenção do Paulinho da Viola —, e do saboroso bolo de carne com lentilhas, além, claro, de muito chope tirado da centenária serpentina de cobre. Na sobremesa, a inigualável apfelstrudel com creme chantili.

Giulite e Braune acharam que exagerei permitindo que os jogadores comessem e bebessem daquele jeito, teve gente que caiu de porre. Argumentei que não havia graça em só voltar, treinar, jogar e ir embora. Tínhamos que deixá-los aproveitar ao máximo. E que se deliciar no Lamas e no Bar Brasil só faria bem a eles. E que se ainda desse tempo levaria a turma ao bar Lagoa para tomar chope e comer rosbife com salada de batatas.

Assumi o compromisso de que se o América fosse campeão, no dia seguinte levaria todos para fazer um périplo pelos bares tijucanos. Na moita, sem chamar atenção. De pé-sujo em pé-sujo, conferindo as listas que Edu Goldemberg, Simas e Felipinho sabiam de cor.

A partida contra a Portuguesa foi uma loucura, os torcedores compareceram em massa ao Moça Bonita. Além das quinze mil pessoas que conseguiram ingressos, outras tantas que ficaram de fora agitavam bandeiras, soltavam rojões, cantavam, pulavam, se abraçavam. O América tinha torcedores do Botafogo, Fluminense e Vasco ao seu lado, todos contra o Flamengo. A bateria da Mocidade Independente, ali do pedaço, apareceu com duzentos integrantes, além da ala das baianas. Só Sobrenatural de Almeida não foi, ficou de novo em casa curando a enxaqueca.

O tal Miranda não desistia, descarregou um caminhão de melancias. Como era amigo do presidente do Bangu, Seu Preá, dono do estádio, convenceu-o a cortar a água e despejar litros de desinfetante nos vestiários. O cheiro obrigou os jogadores a trocar de roupa no gramado.

Quando o juiz Antônio Magalhães iniciou o jogo notou que só havia uma bola. Se fosse chutada para fora do estádio e sumisse, a partida seria encerrada. As redes estavam furadas e os gandulas desapareceram. A eletricidade, cortada, não permitiu que as emissoras de rádio e TV transmitissem o jogo. Não havia gerador. Um caos. O árbitro pensou em cancelar a partida. Entrei em campo e, na marra, fiz com que ele mudasse de ideia.

Os jogadores pareciam estátuas pregadas no gramado, não acertavam uma única jogada. Martim Francisco se sentiu mal no intervalo e foi levado ao hospital. Jorge Vieira assumiu e mudou o time: colocou Leônidas, Romeiro e João Carlos, experientes, mas também não deram no couro. Descobriram depois que Martim passou mal logo depois de beber um suco de laranja. E que os jogadores estavam molengas pela mesma razão.

Os caras da Portuguesa corriam como loucos, não davam espaço, parecia que disputavam o título. A dupla de área Foguete e Lua lembrou Pelé-Coutinho. O ponta Sabarazinho, filho do Sabará, do Vasco, jogava como Garrincha. A zaga Juvaldo e Flodoaldo desfilava a categoria de um Baresi e de um Bobby Moore.

Era tudo muito estranho!

Foi quando percebi atrás do gol de Jorge Reis o tal

Miranda, cercado de capangas, fumando charuto e se abanando com bolo de notas de dólares. Saquei que a mala branca estava em Moça Bonita. E recheada.

De repente, Antônio Magalhães desmaiou no meio do campo. A partida ficou paralisada por meia hora à espera da recuperação do juiz, mas ele não teve condição de continuar. Suava frio, babava pelo canto da boca, teve que ir para o hospital.

Deve ter sido a empada que o Miranda ofereceu pra ele no bar do estádio, disse um bandeirinha. *Foi.*

Ainda bem que o árbitro José Marçal Filho assistia ao jogo e, percebendo a confusão, se ofereceu para substituir o colega. Marçal trocou rápido de roupa e levou o jogo até o fim.

Fim de papo e um maldito zero a zero. Os jogadores da Portuguesa comemoraram no campo e logo correram para o alambrado festejar com o tal Miranda. Flodoaldo, o capitão, gesticulava, fazia sinais com o polegar como quem diz: *missão cumprida, agora queremos o nosso.*

Os jogadores do América ficaram por um bom tempo estirados no gramado, tristes, alguns choravam. Mas a torcida entendeu o drama, aplaudiu e deu força, nem tudo estava perdido. Apesar de o Flamengo encaçapar o Botafogo por 4 a 1, ainda tínhamos chances. Agora, contra o rubro-negro, só a vitória serviria. Um empate daria o título a eles.

Ficha técnica	América 0 × 0 Portuguesa
Local	Moça Bonita
Público pagante	15 000

América	Pompeia, Jorge, Alex, Sebastião Leônidas e Ivan; Amaro, Ivo e Bráulio (João Carlos); Canário (Romeiro), Maneco (Leônidas) e Edu. Técnico: Martim Francisco (Jorge Vieira)
Portuguesa	Jorge Reis, Tião, Juvaldo, Flodoaldo e Luizão; Mesquita e Jacaré (Neca); Sabarazinho, Foguete, Lua e Baduca (Da Rocinha). Técnico: Gentil Cardoso
Juiz	Antônio Magalhães (José Marçal Filho)

A Tijuca é América

Faltava pouco para o sonho virar realidade.

A Tijuca, excitada, abraçava, enfim, o América. Chegava ao fim a polêmica do que é ou não é Tijuca. Durante anos o pessoal da Saenz Pena até a subida do Alto da Boa Vista, gente da Muda e Usina, próxima a Vila Isabel, Grajaú e Andaraí, embalada pelo ritmo do Salgueiro, Unidos e Império, dizia, com ironia, que quem morava perto do América estaria mais para Praça da Bandeira e Maracanã.

E que éramos tijucanos de araque.

Nunca levei a sério. E se fosse assim, levaria na boa. Não é para qualquer mortal morar coladinho às margens do Rio Maracanã, com o estádio como quintal de casa. Também não é pra qualquer um poder cantar a "Valsa do Maracanã" de Aldir Blanc e do saudoso Paulo Emílio.

Quando eu ficar assim/ morrendo após o porre/ Maracanã, meu rio/ ai corre e me socorre/ Injeta em minhas veias/ teu soro poluído/ de pilha e folha morta/ de aborto criminoso/ de caco de garrafa/ de prego enferrujado/ de versos do poeta/ pneu de bicicleta/ Ai, rio do meu Rio/ Ai, lixo da cidade/ de lâmpada queimada/ de carretel de linha/ chapinha premiada/ e lata de sardinha/ o cas-

tigo e o perdão/ o modess e a camisinha/ Ai, só dói quando eu rio/ Maracanã, meu rio/ Maracanã meu rio/ Ai, só dói quando eu rio.

O que nunca se discutiu foi a majestade da Praça Saenz Pena, conhecida nos anos 1950 como a Cinelândia da Zona Norte, com seus espetaculares cinemas ao redor: América, Carioca, Bruni, Tijuquinha, Metro, Britânia, Art-Palácio, Olinda, Santo Afonso, Tijuca Palace e o Eskye onde, em 1964, Carlos Marighela foi preso, espancado e alvejado com dois tiros na saída de *Rififi no Safari*, comédia com Bob Hope e a peituda Anita Ekberg.

A Tijuca e o cinema sempre andaram de mãos dadas. O Olinda da Saenz Pena era a maior sala do Rio de Janeiro, com mais de três mil e quinhentos lugares, e foi abaixo em 1972; o Carioca, tombado pelo Patrimônio Histórico, em *art déco* e belíssimo saguão de mármore Carrara parou de funcionar em 1999; além dos estúdios da Atlântida que ficavam na Rua Haddock Lobo, quase ao lado do cinema Madri e perto da sede de Campos Sales.

A Atlântida era a produtora das inesquecíveis chanchadas que, dirigidas por Carlos Manga e Watson Macedo, faziam tremendo sucesso. Era ali que os artistas mais famosos trabalhavam, pois a televisão ainda engatinhava e pouca gente possuía aparelho de tevê. O cinema arrebatava multidões.

Assisti a inúmeras filmagens na pracinha Afonso Pena com as grandes estrelas da companhia: Cyl Farney, Oscarito, Eliane Macedo, Violeta Ferraz, Wilson Grey, Sonia Mamede, Zé Trindade, Dercy Gonçalves e o eterno vilão, Renato Restier, meu vizinho de prédio. Ali a Atlântida rodou sessenta e seis filmes, além de centenas de jornais da tela — exibidos antes dos filmes, com o noticiário da semana — e dezenas de coproduções.

Outro orgulho tijucano é a floresta, que faz parte do Parque Nacional da Tijuca e da Mata Atlântica. Uma subida até o Alto da Boa Vista — ponto extremo da Zona Norte com a Zona Sul — e pronto! Você dá de cara com tucanos, saguis, macacos-pregos, cutias e centenas de espécies de aves e de plantas. As cutias que viviam no Campo de Santana, em frente ao Ministério da Guerra, e onde estudei o jardim de infância, foram levadas para lá e se deram muito bem. Estavam virando churrasquinho de mendigos no centro da cidade. É a maior floresta urbana do mundo e na parte tijucana há cachoeiras (como a das Almas), capela com telas de Portinari e trilhas inacreditáveis.

De repente, panos e bandeiras vermelhas apareceram nas janelas, sacadas e varandas de casas e apartamentos. Moradores passeavam de um lado para o outro exibindo, orgulhosos, as camisas do América. Restaurantes davam desconto para quem fosse lá uniformizado. Crianças trocaram o uniforme da escola pelo do América. Motoristas prenderam fitas vermelhas e brancas em seus carros. Bandas executavam marchinhas do Lamartine e o hino do América nas praças.

Os Acadêmicos do Salgueiro, com as cores vermelho e branco, ensaiavam na Praça Afonso Pena; a Unidos da Tijuca na Saenz Pena e o Império na Varnhagem. Milhares de pessoas iam assistir aos ensaios levando bandeiras do América. Os blocos *Não Muda nem sai de cima; Banda Haddock; Chopp Duplo; Vou treinar e volto já; Banda da Afonso Pena; Pipoca e guaraná; Banda da Zulmira, Banda do Largo da Segunda-feira* e *Cordão Alegria da Tijuca* desfilavam pela rua Campos Sales em homenagem ao clube.

A Tijuca era uma festa só.

Choques da Polícia Militar, deslocados para Campos

Sales, se atracavam com multidões que queriam assistir aos treinos. A imprensa montou acampamento nas ruas em volta do estádio, atravancando o trânsito com seus caminhões de transmissão de TV e redações improvisadas em barracas. Estavam lá um site da Malásia, televisão do Irã, jornal da Jamaica, rádio de Moscou, fora os que já seguiam desde o início: BBC, Rai, ABC, *New York Times*, *The Guardian*, *A Bola*, *La República*, *Gazzetta Dello Sport*, Al Jazira, Rádio Caracol, *L'Équipe*, *Newsweek*.

O comércio lucrava.

A gastronomia tijucana botou o bloco na rua. Surgiram dezenas de barraquinhas vendendo petiscos. O Salete montou uma de empadas de camarão; o Aconchego Carioca, com a Kátia no comando, de bolinhos, destaque para o de feijoada; as do Bode Cheiroso e da Vila da Feira, sardinha frita; as do Rex e do Colúmbia, galetinhos; da Associação Cultural Chinesa, rolinho primavera e guioza, a do Chico, porções de cabrito fatiado; do Mitsuba, inacreditáveis sushis e sashimis, e a do Momo, bolinhos de arroz.

O show de Oscarito

Os jogadores treinavam, jogavam e sumiam. Porém, com chances de ser campeões, abriu-se mais uma exceção. Aluguei um belo casarão no Alto da Boa Vista, escondidinho, cercado de muita vegetação, de difícil acesso e levei a turma para se concentrar lá. Só Hélio, Felipinho, os ex-presidentes e eu sabíamos o endereço.

Quis repetir o que deu certo no campeonato de 1960, com a diferença de que a concentração antiga ficava num pequeno sobrado da Gonçalves Crespo, ao lado do estádio.

Na última reunião havia pedido a reencarnação de Oscarito. É que na véspera dos jogos os jogadores iam assistir o genial comediante na peça *Tem Pixixi no Pixoxó* que fazia o maior sucesso, na Praça Tiradentes.

Quando Oscarito apareceu de surpresa no casarão, foi o maior banzé. Contou piadas, fez imitações, dançou e cantou com Lamartine Babo, Virgínia Lane e o conjunto Os Cariocas, porque dois de seus integrantes, Badeco e Quartera, torciam pelo América. Todo mundo se divertiu a valer. E não teve briga porque Virgínia Lane foi de calça comprida e blusa sem decote. Luz del Fuego também queria participar, mas Otto Glória pediu pelo amor de Deus para que eu desse um jeito de recusar a oferta, não podia arriscar o time com ela peladona na frente deles.

Os jogadores não poderiam ter contato com Virgínia nem com Luz del Fuego nem com ninguém, conforme avisado desde o início. Eles treinariam, jogariam e se comunicariam com poucos. Mas ouvi um zum-zum entre os jogadores que, caso conseguissem agarrar uma delas — ou as duas — iriam levá-las ao Palácio do Rei, na Haddock Lobo, o motel do bairro.

Oscarito era torcedor do América desde menino. Foi um dos maiores comediantes do cinema e formou com Grande Otelo uma dupla inesquecível. Nasceu na Espanha e chegou ao Brasil com um ano de idade. Foi trapezista, acrobata e palhaço. O seu nome já era uma piada: Oscar Lorenzo Jacinto de La Imaculada Concepción Teresa Dias.

Felipinho teve a boa lembrança de levar ao casarão o barbeiro Raul, do salão América. Ele fez barba e cabelo de todo mundo, inclusive da comissão técnica. E caprichou: lavou o cabelo da turma com o Xampu Halo, *que o deixa limpo, brilhante e perfumado*, e ofereceu Gumex, Glostora e Brilhantina Williams sólida para pentear, podiam escolher. Depois da barba, a pergunta clássica:

Álcool, talco ou Água Velva?

A maioria preferiu Água Velva, para refrescar e proteger a umidade natural da pele. Antes de ir embora, distribuiu pentes inquebráveis Flamengo, *que ajeita melhor o cabelo sem que você o sinta*, para usarem antes de subir para o gramado do Maracanã.

As pressões aumentavam. O tal Miranda entrou com liminar pedindo a interrupção do torneio. A CBF com outra. E a Fifa ameaçou dar pontapé no traseiro da Federação Carioca se ela continuasse com *essa farsa*.

Sobral Pinto e Edu Goldenberg montaram uma frente de trabalho e pediram ajuda aos escritórios de Técio Lins e Silva, Eliezer Rosa e Marcelo Cerqueira, torcedores do América. E derrubavam uma liminar atrás da outra. O tal Miranda espumava de raiva, gastava dinheiro, não desistia. Nós, também não. Giulite, sentindo que a coisa estava ficando estranha, achou melhor acionar o Papa Francisco novamente. Desta vez pediu que Sua Santidade enviasse uma carta diretamente à Fifa recomendando que o torneio fosse até o fim.

Deu certo, a Fifa amansou.

Chegada triunfal

Qual a formação ideal para a partida final? Qual a escalação possível? Surgiam problemas e mais problemas. Um atrás do outro.

Ari quebrou a mão. Pompeia, enxergando com um olho só teria que ser o goleiro titular. Maldita hora em que não coloquei Gasperin na lista!

Jorge tinha caxumba, Djalma Dias, catapora, Alex, coqueluche, e Ivan, sarampo. O doutor Tourinho chamou um pediatra para se aconselhar.

Outros que estavam na enfermaria: Amaro e João Carlos, febre; Leônidas, diarreia; Luizinho, gripado; Canário, conjuntivite; Maneco, bronquite. E os velhinhos do tico-tico no fubá, reumatismo. Havia mais gente no estaleiro do que no campo.

Jorge Vieira e Otto Glória analisavam detalhadamente o Flamengo e se reuniam com Martim para traçar a melhor tática para enfrentar o líder invicto. O xis da questão era como neutralizar o fulminante ataque com Espanhol, Rubens, Doval, Dida e Babá.

O argentino Narciso Horácio Doval andava estraçalhando, era o artilheiro da competição, fazia gols em todas as partidas. Só uma pessoa sabia como pará-lo: Tim, o técnico que o trouxe do San Lorenzo, da Argentina, onde foram campeões na década de 1960.

Levei o velho Tim até Edson Passos, ele se reuniu com a comissão técnica e levou as tais tampinhas de cerveja no bolso da calça. E ali mesmo, em cima da mesa de massagem do vestiário, mostrou a movimentação do atrevido atacante. Com paciência de mestre, indicou como o América devia fazer. Martim, Otto e Jorge Vieira agradeceram e brindaram com cerveja. Tim passou um último recado:

Façam como eu disse, mas não se esqueçam de pedir ajuda ao Sobrenatural de Almeida e ao Pai Jeremias. Nessas horas vale tudo!

Afinal, com qual time vamos entrar em campo?

Além dos contundidos, Martim Francisco notou que Orlando Lelé, Romeiro e Wilson Santos estavam assustados, sem condições psicológicas para jogar. O doutor Tourinho chamou um psiquiatra para ajudar, mas ele disse que não daria tempo de fazer nada.

Banho frio e muita reza, recomendou o psiquiatra, um gaúcho chamado Nejar, primo-irmão do Analista de Bagé.

A situação era dramática e o jeito era pedir ajuda ao médico mais famoso do Rio, Nero, ele mesmo, o Imperador de Roma, que baixava no bairro de Cavalcante na década de 1950, incorporado pelo médium Lourival de Freitas.

Contam Luiz Antônio Simas, e o próprio espírito, que Nero dava consultas para purgar os pecados que cometeu quando mandou incendiar Roma e abrir a barriga da própria mãe. Simas lembra que seu avô chegou a se consultar com o Imperador, que receitou banho de querosene para tratar de uma erisipela.

O velho preferiu, em se tratando de Nero e querosene, não arriscar e pulou fora, antes que o espírito pegasse os fósforos.

Para não escancarar os problemas para a imprensa, Martim Francisco levou o time para fazer o coletivo final no Giulite Coutinho, longe da agitação de Campos Sales. E ali, debaixo de calor de rachar, definiu a escalação, mas guardou segredo.

Nero, o Imperador, foi lá, examinou os jogadores contundidos e os sem condições psicológicas e receitou muitos litros de *Vinho Reconstituinte Silva Araújo*, tônico rico em fósforo, cálcio e quina, que recupera a alegria e dá mais disposição; banho de descarrego com ervas; cerveja Caracu batida com dois ovos com casca e tudo, gemada em pó Kibon e mingau de Cremogema.

A viagem para o Maracanã foi surpreendente. Em vez de surgirem sem mais nem menos no vestiário, como das outras vezes, os jogadores foram de ônibus da concentração do Alto da Boa Vista até o estádio. Queria que eles sentissem o clima, o apoio, a euforia dos torcedores.

Com batedores da Polícia Especial abrindo caminho em motos com sirenes ligadas, o ônibus americano atravessou as ruas da Tijuca repleta de torcedores. Quando passou pela Praça Saenz Pena parecia chegada dos campeões do mundo em carro de bombeiros.

Jair Rosa Pinto, craque da Copa de 1950, morador da praça, saudou os jogadores da janela do seu apartamento. Durante a semana havia dado várias entrevistas dizendo que torceria pelo América, não engolia o Flamengo desde quando, em 1949, o escritor José Lins do Rego, rubro-negro fanático, queimou a sua camisa na Galeria Cruzeiro após uma derrota para o Vasco.

Os tijucanos acenavam, mandavam beijos, agitavam

bandeiras, soltavam foguetes, jogavam para o ar flores vermelhas e brancas e exibiam suas crianças com uniformes do América. O percurso durou duas horas a mais do que o normal.

Saaangue! Saaangue! Era só o que se ouvia. Um coro fantástico, intenso.

Dentro do ônibus, o hino do América não parava de tocar. Os jogadores cantavam junto:

Hei de torcer, torcer, torcer
Hei de torcer até morrer, morrer, morrer.

Na chegada ao Maracanã os jogadores se surpreenderam. Não imaginavam ver tantos americanos na porta do estádio. Havia muito, mas muito mais torcida do América do que do Flamengo. *Como era possível?*

Era o meu penúltimo pedido. E fui atendido.

Nossa mãe!

O pedido era que se o América chegasse à final, os torcedores americanos de todos os tempos estivessem ali para poder gritar *é campeão!* E tijucanos que davam força também seriam revividos. A turma dos exotéricos considerou o pedido escalafobético, quase impossível, mas deu um jeito.

Os torcedores americanos não acreditavam. No céu do Maracanã rodopiavam fogos de artifícios coloridos e barulhentos, dividindo o espaço com enormes balões vermelhos e pipas enlouquecidas que vinham lá da Mangueira.

Presente de Natal

Quem não conseguiu entrar fazia algazarra. Era dia 8 de dezembro, dia de Oxum e de Nossa Senhora da Conceição.

A avalanche de gente provocou confusão nunca vista na porta do Maracanã. Nem na Copa de 1950 foi assim. A multidão de americanos do lado de fora assustava. Dentro, outra multidão fazia festa. De uma hora para outra o América se transformava, do segundo time dos cariocas, na maior torcida da cidade.

De repente, vi meu pai caminhando ao lado da estátua do capitão Belini e seguindo para a arquibancada em meio a massa vermelha de torcedores.

O pedido para o retorno dos torcedores era pretexto para encontrar o velho pai, que se foi poucos dias depois da Copa de 1994. O América sem ele ao meu lado não teria a mesma graça.

Virei torcedor do América por causa do meu pai. Foi quem me levou pela primeira vez a Campos Sales. E com ele assisti a dezenas de jogos maravilhosos no Maracanã. Vibramos muitas vezes juntos, mas o que sentimos com o gol de Jorge, o do título de Primeiro Campeão da Guanabara, foi coisa do outro mundo. A maior emoção que o futebol me proporcionou.

Sabe aquele dia especial do qual você não esquece jamais? E que até sonha acordado com ele? E quando lembra, se emociona a ponto de passar mal? Pois bem, meu dia inesquecível é 18 de dezembro de 1960, um domingo.

O Natal estava chegando, em casa havia uma pequena árvore num canto da sala com guirlandas, guizos, laços, fitas vermelhas e bolas coloridas. Aos treze anos, não acreditava mais em Papai Noel, é claro, e o América estar na final do campeonato já era um baita presente. Mas queria mais, queria, enfim, gritar é campeão, é campeão!

Não adiantava pedir aos pais. Eles não tinham como atender ao pedido, só podiam torcer para acontecer o que eu mais desejava.

Apesar de estudar em colégio de padres, frequentar aulas de religião e ir uma vez por mês à missa obrigatória no Mosteiro de São Bento, não rezava antes de dormir, não fazia promessas. Enfim, não acreditava em Deus, mas acreditava em milagres!

Minha mãe deixou que eu colocasse junto ao pé da árvore de Natal fotografia do time do América. Deixei-a ao lado do pequeno presépio que todos os anos ela arrumava com o maior capricho. Os jogadores se acomodaram lado a lado do Menino Jesus, de Maria, de José, dos pastores, dos três Reis Magos, das ovelhas, dos anjos e da estrela de Belém.

Durante a semana, quando passava pela sala, desejava sorte aos jogadores. E fazia o mesmo ao vivo, indo aos treinos em Campos Sales, ali vizinho de casa. Junto com a molecada, gritava bem forte para que meus ídolos ouvissem:

Vamos, pessoal. Seremos campeões. Força!

Custava a dormir, rolava na cama, imaginando como seria no domingo. Antes de pegar no sono, já madrugada, revirava pra lá e pra cá as páginas do álbum que organizei durante o ano. Ali estavam a história de cada jogo, com escalações, análises, notas de jogador por jogador e fotos, material tirado do *Jornal dos Sports*, da *Manchete Esportiva*, da *Revista do Esporte* e do *Globo Sportivo* e colado com goma arábica, bem coladinho.

O Fluminense, franco favorito, estava um ponto na frente e jogava pelo empate para ser bicampeão. Uma semana antes, o tricolor passou pelo Vasco, 1 a 0, e o América, em partida épica, empatou 3 a 3 com o Botafogo, graças ao frango do Manga, no finalzinho, chute do ponta-direita Calazans. Se tivesse terminado 3 a 2, o Fluminense era campeão por antecipação.

Morria de medo. Tudo conspirava contra.

Fazia vinte e cinco anos que o América não via a cor de um título. A trágica derrota na melhor de três em 1956 contra o Flamengo não saía da cabeça. O time tinha um técnico de apenas vinte e seis anos e um bando de jogadores jovens e desconhecidos, com exceção de Ari, Pompeia, João Carlos e Calazans. Além do mais, havia o tabu: nove partidas seguidas sem vencer o tricolor.

Fui a pé para o Maracanã com meu pai e tio Carlos, casado com Helena, irmã da minha mãe. Dez minutos de caminhada ou até menos se não houvesse uma multidão indo para o estádio. A partida teve 98 090 pagantes.

Nunca vi tanta gente torcendo pelo América. Não eram apenas americanos, mas vascaínos, rubro-negros e botafoguenses que faziam questão de se juntar ao *segundo time de todo mundo*. Na arquibancada havia de tudo, até Papai Noel com a camisa do América. Charangas das torcidas amigas tocavam o nosso hino do América, bandeiras do Flamengo, Vasco e Botafogo se juntaram às nossas. A turma animada da Rua Lúcio de Mendonça levou faixas, bandeiras, confete, serpentina e instrumentos musicais. Encontrei um grupo de amigos, entre eles o Heraclinho, filho do ex-presidente do América, Heraclito Schiavo, e me juntei a eles. Meu pai e tio Carlos ficaram por perto.

O Fluminense fez 1 a 0, gol de Pinheiro, de pênalti, e assim terminou o primeiro tempo. Apesar do América jogar bem, pau a pau com o tricolor, o desânimo no intervalo era grande. Um ou outro tentava puxar entusiasmo do fundo da alma, mas poucos acreditavam na virada. Vi gente indo embora de cabeça baixa.

Atordoado, queria desistir, mas o pessoal ao meu lado acreditava, dava força.

O ânimo voltou aos quatro minutos do segundo tempo. Castilho soltou chute do baiano Fontoura, que entrou no intervalo em lugar de Antoninho, e Nilo, desajeitado, quase caído, de canhota, enfiou para o fundo das redes. A partir daí, a torcida do América abafou a do Fluminense.

Aos trinta e dois minutos, com os torcedores americanos empurrando o time das arquibancadas saiu o gol mais maravilhoso da história do Maracanã: Jorge, escorando rebatida errada de Castilho em falta cobrada com violência por Nilo.

Jorge zuniu como uma flecha, saiu da direita para o meio da área e chegou à frente de todo mundo. Haviam se esquecido dele, ninguém marcou. Castilho, o grande Castilho, largou e o lateral chutou rasteiro, enviesado no canto direito da meta tricolor.

Do canto da boca de Jorge, após o gol, escorria a baba elástica e bovina dos possessos, diria Nelson Rodrigues.

Goool! Goool! Goool do América!

Éramos campeões. O primeiro campeão do Estado da Guanabara. Tá bom assim?

Com a doideira na saída do estádio, me perdi de meu pai. Saí pelas ruas em direção a Campos Sales atrás da bandinha que tocou durante toda a partida. Por onde passávamos éramos homenageados pelos tijucanos que foram às calçadas aplaudir e comemorar o título tão esperado.

Quando cheguei em casa, o pai já estava bebemorando a conquista com os amigos, numa alegria que jamais havia visto em seu rosto. A noite toda foi um entra e sai de gente, e o apartamento da Afonso Pena ficou apertado para a animada festa do professor Trajano.

Ele me liberou e fui correndo até a sede. Torcedores enlouquecidos comemoravam de todas as maneiras. Alguns corriam pelo gramado, outros se atiravam na piscina. Eu me joguei nessa de roupa e tudo. Voltei para casa molhado, sujo, suado, cansado, mas campeão.

No dia seguinte, a foto de um torcedor encontrado morto na piscina de Campos Sales estampava a primeira página do *Jornal do Brasil* com a legenda: *Pelo América também se morre.*

Na noite inacreditável em que fomos campeões, tomei banho demorado e, antes de ir para a cama, passei pela sala para agradecer aos jogadores que estavam na foto colocada ao lado do presépio. Não estava mais ali. Em seu lugar, um envelope com meu nome e uma dedicatória:

Para nosso querido filho, enfim campeão carioca, dos pais que muito te amam.

Dentro, uma fotografia emoldurada do time, já com a faixa de campeão no peito. E autografada por todos eles.

Não perguntem como meu pai conseguiu. Sei que

dormi um sono profundo abraçado ao time do meu coração.

Eu acreditava em milagres e ele aconteceu!

Não há elo mais forte na relação pai e filho do que a paixão pelo mesmo clube. Filho tem que torcer pelo mesmo clube do pai.

A torcida pelo América nos uniu por toda a vida, porque, de resto, discordávamos em quase tudo. Em política, principalmente. Hoje, perto dos setenta anos de idade, a sensação de torcer pelo América é igual a que sentia quando, após a pelada matinal dos domingos, corria até ele para saber se viu o golaço que marquei.

A festa continua

Tinha certeza de que cruzaria com meu pai na arquibancada, onde eu assistia aos jogos ao lado de tia Ruth e Manduca, agora enamorados, vivendo a maior paixão. Ele, com oitenta e seis anos, ela noventa. O romance dos torcedores símbolos era caso sério.

Muita zoeira, alegria, corria tudo numa boa até que furou um pneu do ônibus, bem em frente ao Colégio Militar, na São Francisco Xavier. Não ficava longe do estádio, mas a multidão impedia deslocamento rápido. O time estava atrasado e faltava quase nada para a partida começar.

O jeito foi trocar de roupa dentro do ônibus e ir a pé para o Maracanã. Correndo. Edu e Sebastião Leônidas comandaram o desembarque e os jogadores se mandaram para o estádio já uniformizados — camisa, calção e chuteiras —, acompanhados por milhares de transtornados torcedores que, sem que ninguém comandasse, abriam alas para o time passar.

O roupeiro Gessy, velhinho, barrigudo, não conseguia levar os sacos de roupa, assim como o massagista Olavo com as malas de medicamentos e toalhas, mas logo apareceram voluntários que por pouco não brigaram pelo privilégio de ajudá-los.

Martim Francisco, Giulite, Braune, Jorge Vieira e Otto Glória seguiram nos ombros da torcida.

Êxtase! Delírio!

Alguns jogadores, em comunhão impressionante com a torcida, também foram carregados. Maneco chorava como criança. Pompeia jogava beijos. Edu não parava de agradecer. Leônidas da Selva ensaiava passos de capoeira. Djalma Dias, abraçado a Wilson Santos, puxava o hino do clube.

Saaangue! Saaangue! O grito forte se ouvia a quilômetros do Maracanã. Parecia jogo de uma torcida só. A do América.

Os torcedores revividos, dentro do estádio, cantavam, vibravam, xingavam, mas não conversavam com ninguém sobre outro assunto que não fosse o jogo. Quando encontrei meu pai, falamos sobre o Maracanã e a decisão do campeonato. Eu o abraçava, beijava, apertava suas mãos e ele nada, fazia ar de espanto. Não adiantava perguntar se estava vivendo no céu, no purgatório ou no inferno. Não era possível lembrar os velhos tempos.

Levei fotos de quando fui campeão infantojuvenil de salão, mas ele não enxergava. Parecia feliz vendo o América na final contra o inimigo Flamengo, mas conservava o mesmo ar cansado de quando dava aulas de geografia e história em três escolas diferentes e, mesmo assim, arranjava jeitinho de ir comigo a Campos Sales.

Espantado, olhava em volta com expressão de quem não sabia onde estava. *Tem certeza que esse aqui é o Maracanã?*

Perguntou onde estava a bolsa de apostas que ficava atrás do gol, que achava o máximo e onde apostava em tudo: o primeiro corner, a primeira bola na trave, o jogador mais faltoso, quantos chutes a gol no primeiro tempo, tudo! Mas logo desviou a conversa e começou a assoviar o hino do América com vigor.

O primeiro hino do clube foi composto em 1915 por Freire Junior, que sete anos mais tarde fez adaptação. O de Lamartine é de 1947, quando escreveu hinos para outros nove clubes cariocas, além de o do Canto do Rio, de Niterói. Há controvérsias como os hinos foram compostos. Dizem que foi desafio feito no programa *Trem da Alegria*, da rádio Nacional, que era comandado por ele, o casal Héber de Bôscoli e Yara Sales — o famoso Trio de Osso. Héber desafiou Lamartine a compor um hino por semana.

Outra versão, defendida por Sargentelli, sobrinho de Lamartine, conta que uma gravadora enfurnou Lalá em um apartamento na Rua Senador Dantas, vizinha a Cinelândia, deu prazo de um mês, e só o deixou sair quando todos os hinos ficaram prontos.

Era uma experiência absurda, reencontrar o pai em circunstâncias assim. Eu chorava. Tremia. Soluçava. Em volta, muitos viviam situação parecida, querendo se comunicar a todo custo com os parentes e amigos, em vão.

Vô, tô aqui, fala comigo!

Papai, não está me reconhecendo, sou seu filho!

Pai, eu cresci, me casei, tenho filhos e netos, você precisa conhecer!

Romário era um dos aflitos. Abraçado ao pai, seu Edevair, queria contar que realizou, aos quarenta e três anos, a promessa de jogar pelo América — apenas vinte e sete minutos contra o Artsul, no Giulite Coutinho, quando o time americano conquistou o título da série B de 2007 e voltou à divisão especial carioca — mas não teve jeito. Mesmo assim, Romário e Seu Edevair estavam eufóricos.

A família Antunes compareceu em peso: Tonico, Zico, Zezé e Nando acariciavam a mãe Matilde e o irmão mais velho, Antunes, o Zeca, que jogou com classe pelo América ao lado do irmão Edu e que se foi aos cinquenta e um, de infarto, quando jogava pelada com amigos. O pai, seu José, alfaiate português, flamenguista doente, foi ao estádio prestigiar o filho Edu, mas até o fim ficou dividido entre por quem torcer.

Zico, assim como os irmãos Edu, Antunes e Nando, também vestiu a camisa do América, mas apenas por uma partida do time infantojuvenil, logo foi levado pelo radialista Celso Garcia para a Gávea, onde se tornou o maior ídolo rubro-negro de todos os tempos.

O clima na arquibancada era estranho, ninguém estava preparado para viver tanta emoção. Os vivos estavam desesperados e os mortos-vivos extasiados vendo o América jogar a decisão.

Como sempre faço quando não sei o que fazer antes de uma partida de futebol me enfiei num cantinho do estádio e abri o livro *Eram todos camisa dez*, do Luiz Guilherme Piva, em vez de rezar, pedir aos céus, como quem procura alento na Bíblia, li avidamente o conto "Assim na terra como no céu", me confortava:

Uma gigantesca dúvida assola a humanidade: existirá futebol depois da morte? Tá bom, uma parte da humanidade. A minoria, o.k. Como? Vocês nunca pensaram nisso?

Então tá. Uma gigantesca dúvida me assola: (eu sou parte da humanidade e tenho direito a minhas dúvidas gigantescas) haverá futebol no Céu? No Purgatório? No Inferno?

Eu suponho que sim. Afinal, o que haveria de melhor a fazer para passar a eternidade?

Sabemos — tá bom, só eu sei — que há coisas na outra vida para ocupar o tempo e justificar os três estágios.

Alguns exemplos.

No Céu, tocar lira, soprar trombetas e ver o blu-ray da história da criação. No Purgatório, assistir a stock car, ler códigos de leis e processos e debater filmes de arte. E no Inferno — Deus me livre de eu ir lá! — participar do planejamento estratégico situacional.

Mas só isso não justifica a aventura humana. Nascer, crescer, lutar, trabalhar, sofrer, reproduzir-se e morrer, gerações e gerações, edificando a obra de Deus na terra, somente para isso?

Nananina.

Alguma recompensa há de haver. Sexo está descartado. No Céu, porque é pecado. Nos outros dois, porque é prazer.

Então só pode ser futebol.

Ao lado de meu pai na arquibancada, me lembrei do primeiro jogo que assistimos juntos e que não foi nem em Campos Sales nem no Maracanã, mas em São Januário: Vasco × Renner, campeão gaúcho em 1954. Tio Orlando e o primo Luiz Orlando também foram. Meu pai ainda torcia para o Vasco (fazia pouco tempo que tínhamos mudado para a Tijuca, o América nos fisgou em seguida).

O queixo quase caiu com o sensacional ataque vascaíno: Sabará, Livinho, Vavá, Walter Marciano e Pinga. Por pouco não cedi aos encantos cruz-maltinos.

Achei muito bonito o uniforme do time gaúcho — listras vermelhas na camisa branca, que lembrava o Bangu de tio Orlando. O baixinho Ênio Andrade, meia do Renner — mais tarde craque do Internacional e Palmeiras e excelente treinador — chamou tanto a atenção que coloquei o nome dele no meu botão de coco preferido.

O Vasco venceu por 3 a 0, com dois gols de Pinga, um

craque. A cruz de malta correu um tempo atrás de mim, me perseguiu e quase me alcançou, mas, ao conhecer o América, me deixei levar e prometi "torcer até morrer". Assim como Ênio Andrade, Pinga virou nome de atacante do time de botão.

O grito de *Saaangue! Saaangue!* é recente. Depois que os reencarnados aprenderam, não pararam mais de gritar e tinham razão: "Saaangue" soa forte, é contundente, sonoro, muito mais do que A-mé-ri-ca, com sílabas demais. Walter Dias, o Tiziu, neguinho que inventou o grito, estava ali, em lágrimas, junto com Dario Meirelles ensinando aos que ainda não conheciam.

Saaangue!

O retorno de Alarcon

No vestiário, baita corre-corre. As preleções de João Carlos, veterano campeão carioca em 1960, e de Martim Francisco, com discurso emocionado e convincente, desanuviaram o ambiente. Eu desci das arquibancadas e falei por último. Fui aplaudido pelos jogadores, comissão técnica, Hélio Palavrão, Giulite, Braune, Pai Jeremias, Pai Santana, Papu e Joãozinho da Gomeia.

Exigi fibra, raça, atenção, um festival de obviedades. Apelei ao falar que os familiares deles estavam na arquibancada, inclusive os que já tinham morrido. E eles não podiam decepcioná-los, porque haviam sido ressuscitados exclusivamente para assistir ao jogo.

Pedi que ganhassem o título, mas também vingassem com vontade a derrota para o Flamengo. Que jogassem um futebol divino, pra ninguém esquecer jamais.

Para ilustrar, li um pequeno texto do grande escritor uruguaio Eduardo Galeano, fã do futebol brasileiro, falando do nosso jeito de jogar:

O Brasil possui o futebol mais bonito do mundo, feito de fintas, gingas e pernas alçando voo, todos eles vindos da capoeira, dança de guerra dos escravos negros e danças alegres das grandes favelas da cidade. De Friedenreich em diante, o futebol brasileiro que é brasileiro de verdade não tem ângulos retos, do mesmo jeito que as montanhas do Rio de Janeiro e os edifícios de Oscar Niemeyer.

Pensei que, embora sofisticadas, as palavras de Galeano soariam mais bonitas e emocionantes que a famosa frase do professor Luxemburgo, *o medo de perder tira a vontade de ganhar.*

Vamos lá, pau neles, gente querida!, gritei por último.

Papu, de plantão, garantiu que qualquer problema ligaria para os médiuns João Ferreira e Juvenal Soares, no Centro Espírita. E Pedro de Castro, também no vestiário, avisou que o pessoal rosa-cruz, da Igreja Gnóstica e das terapias passadas estava de sobreaviso.

A turma de pais de santo acendeu velas, defumadores, incensos, esfregou galhos de arruda nos jogadores, montou pequenos altares, fez oferendas, fumou charuto, soltou baforadas na cara dos atacantes para abrir caminho e nos goleiros e zagueiros para fechar o corpo.

Pai Santana, já habituado ao espaço do vestiário, zanzava pra lá e pra cá com a maior desenvoltura.

Já estavam uniformizados, mas Joãozinho da Gomeia, Pai Santana e Pai Jeremias fizeram questão que eles tomassem um banho especial para Iemanjá nas banheiras do vestiário, então tiveram que trocar os uniformes por roupas brancas. Na água fria tinha de tudo: sal, folhas de pata de vaca, de boldo, mel de abelha, flores brancas e oito gotas de perfume para cada jogador. Para *conseguir coisas boas*, disse o babalorixá.

Èéru Iya, saudavam Iemanjá durante o banho.

Já de novo com o uniforme de jogo, os jogadores rezaram para são Cipriano, santo Expedito, santa Rita de Cássia e santo Onofre, por recomendação de Pai Jeremias. Depois, mãos dadas, entoaram com força e emoção o hino do Lamartine. Por fim, cada um passou a mão direita na imagem de Nossa Senhora Aparecida, guardada no cantinho da rouparia por Gessy, antes de fazer o sinal da cruz.

No ar, forte cheiro de enxofre misturado aos de incensos, velas e defumadores.

Na véspera da partida, de madrugada, Pai Jeremias e Seu Sete da Lira foram à encruzilhada perto da concentração no Alto da Boa Vista e fizeram oferenda para a Pomba Gira Rosa Caveira, mulher do Exu João Caveira. No alguidar de barro arrumaram caprichosamente oito tipos de frutas, mel de abelha, fubá de milho, sete velas vermelhas, sete velas amarelas, sete velas rosas, sete rosas amarelas, uma garrafa de vinho moscatel e treze folhas de chicória.

Joãozinho disse para os jogadores não se preocuparem. Estavam protegidos de todas as maneiras.

Vão em paz. Caboclo Pery e o Exu Tranca Rua das Almas abrirão os caminhos.

A grande surpresa foi enquanto os jogadores subiam para o gramado. Envolto em tufos de fumaça esbranquiçada, como um ectoplasma, com fundo musical de um tango de Astor Piazzola, surgiu diante de Edu ninguém menos que o craque argentino Alarcon.

Susto!

Alguns haviam jogado com ele — Pompeia, João Carlos, Canário, Romeiro e Leônidas da Selva. Manquitolando, apoiado em uma bengala, o formidável atacante, voltou especialmente de Buenos Aires para abrir o coração:

Soy Alarcon. Argentino que ha jugado y honrado a camisa do América por muchos años. Soy o cara que o Tomires quebrou a perna. Sei que tiene gente que habla mal de mim, dicendo que me vendi para el Flamengo. Como era posible? O doctor Marques Tourinho que está acá, sabe como yo sofri com la fratura. Manco até hoy. Vim cá ressuscitado para rogar a ustedes que me vinguem. Acabem com eles! No tengan perdón! Na fatídica mejor de três, teníamos una equipe superior. Perdemos de 1 a 0 a primeira, mas enfiamos 5 a 1 goela abajo deles na segunda partida.

Si el desgraciado Tomires não me quebrasse, eles levariam chumbo grosso na partida final. E el peor é que Mario Vianna, cabrón, não expulsou o "cangaceiro" e nos quedamos com um hombre a menos. Por isso, perdemos por 4 a 1. Muchachos, rogo que trucidem os miserables que terminaram comigo e com nuestro amado América.

Edu não sabia o que dizer, mas se abraçou com Alarcon e os outros jogadores repetiram o gesto. Canário, Romeiro e Leônidas da Selva estavam extremamente emocionados. Alarcon perguntava:

Onde está Ferreira? Nosso baixinho ponta-esquerda driblador?

Explicaram que Ferreira recusou o convite, não quis sair da terrinha, em Três Rios, interior fluminense.

A presença de Alarcon agitou a moçada. O massagista Olavo imediatamente puxou uma mangueira do vestiário e despejou água fria em cima da turma. Martim, Jorge Vieira e Otto Glória repetiam *calma, gente; calma, gente*. Leônidas da Selva queria subir nas arquibancadas e distribuir sopapos nos rubro-negros. Pompeia e Ari, dois pesos-pesados, tiveram trabalho para conter a fera.

Torcida de estrelas

A torcida americana estava com a macaca. Alguns grupos chamavam a atenção, o dos cantores de rádio era o mais assediado. Uma multidão de torcedores americanos foi pedir autógrafo.

Uma foto, uma *selfie*.

Mário Reis segurou a ponta de uma grande faixa, Carlos Galhardo na outra, que dizia Cantores do rádio saúdam o querido América, enquanto Francisco Alves, o Rei da Voz, Sílvio Caldas e Vicente Celestino, que levou a mulher Gilda de Abreu, distribuíam rolos de serpentina e sacos de confete aos torcedores. Sobrenatural de Almeida, invisível, se postou ao lado dos cantores famosos. Ele era fã especialmente de Sílvio Caldas, o "Caboclinho Querido" e sabia tudo de música popular. *Mário Reis é um gênio. Com aquele fiapo de voz que com certeza influenciou João Gilberto, gravou obras divinas. Pra mim, a melhor é "Jura", do Mestre Sinhô. Mas "Cadê Mimi", do Alberto Ribeiro e Braguinha, sucesso do Carnaval de 1936 é demais! Chico Alves, meio metido a besta, mas deixou saudades. Ouço todos os dias "Cinco letras que choram", do Silvino Neto, pai do Paulo Silvino.*

O argentino Carlos Galhardo, um gentleman, me comove quando canta "Fascinação", com aquela versão inspiradíssima do Armando Louzada. O Sílvio me leva às lágrimas com "Faceira", do Ary Barroso. E gosto do senhor Celestino quando canta "Ai, Ioiô" com aquele vozeirão, mas é só levar "O Ébrio", que desligo o meu Ipod.

Num canto da arquibancada encontrei Tim Maia, enrolado numa enorme bandeira vermelha, ao lado de Erasmo Carlos, vascaíno que foi prestigiar o velho amigo da Tijuca. A banda Vitória Régia, reforçada por Charles Gavin, Tico Santa Cruz e Thalma de Freitas, fazia um baita som animando o pedaço. Jorge Ben mandou recado e disse que se o Mengo não fosse o adversário, estaria junto com eles revivendo os tempos da Rua do Matoso. E Roberto Carlos, também da turma, enviou sms desejando sorte para o Tim.

Dalto, autor de "Muito Estranho", cuidava bem de Virgínia Lane, que, de maiô dourado, lantejoulas, penacho na cabeça e enormes tamancos à Carmem Miranda, cantarolava "Vem cá que a pipoca está quentinha".

O grupo de trás de um dos gols, liderado por Oscarito, era muito divertido. Ele levou toda a família — a filha Miriam e a mulher Margot Louro —, Paulo Celestino, Mario Tupinambá, além do ex-gordo Leandro Hassum, que, assustado, morria de medo de macumba.

Lamartine Babo se encontrou com os cantores do rádio. Todos ali, menos Vicente Celestino, gravaram músicas suas. Mas ele voltou rapidinho e se sentou ao lado de Carvalhinho, na mesma fileira onde estavam o maestro Heitor Villa-Lobos e o caricaturista e compositor Antônio Nássara.

O maestro não disfarçava a mágoa por seu nome não constar na ata de fundação do América, porque participou de várias reuniões em 1904, na Rua Praia Formosa, na Saúde, primeira sede do clube. Villa-Lobos soltava baforadas de seu enorme charuto e não estava nem aí para a proibição de não poder fumar no estádio. Ao seu lado estava o barítono Paulo Fortes, americano desde criancinha.

A vedete Sonia Mamede, torcedora americana, uma das certinhas do Lalau, se apresentou como madrinha e levou outras belezuras: Carmem Verônica, Elisabeth Gasper, Norma Bengell, Eloína e Gina Le Feu. Romário, inquieto com a presença das beldades, levou o pai, Seu Edevair, para se sentar ao lado delas.

Discretos, mas usando as cores do América e de bandeirinha na mão, os intelectuais como João Cabral de Melo Neto, Marques Rebelo, Orígenes Lessa, Francisco de Assis Barbosa, Silveira Sampaio, Mário Barata, que fez questão de levar o sobrinho tijucano e botafoguense Octávio Costa, Joracy Camargo e Arnaldo Niskier se sentaram juntos nas numeradas. Zé Lins do Rego, flamenguista, mas que considerava o América como segundo time, foi dar força aos amigos americanos, mas só até a partida começar. Traziam duas sacolas enormes com exemplares do livro *Campos Sales, 118*, de Orlando Cunha, do departamento histórico do clube, e cópias de texto de Marques Rebelo sobre a paixão enlouquecida pela equipe rubra, onde diz que *futebol não é diversão. É sofrimento. Por isso sou América.*

E também um texto do poeta pernambucano João Cabral de Melo Neto onde confessa: *uma coisa, porém, me mantém ligado à terra carioca, o meu amor pelo América. Clube que vejo jogar sempre que estou de férias. Para provar que acompanho, cito alguns jogadores do time atual, como Ivo e Alex: dos antigos Danilo e Maneco, dois jogadores extraordinários.*

O pessoal da televisão comandado pelo locutor Gontijo Teodoro, famoso apresentador do *Repórter Esso* na TV Tupi, fazia barulho. Ali estavam o ator Ary Fontoura; o autor de novelas Gilberto Braga, Max Nunes, médico, e humorista criador de personagens de Jô Soares e do programa *Balança mas não cai*; o ator Reinaldo Gonzaga, a lindíssima Nicole Puzzi e Glauce Rocha, grande atriz de cinema e teatro.

Elke Maravilha veio com a camisa número 9 de Leônidas da Selva. Os dois viveram um ardente caso de amor antes do atrapalhado atacante pendurar as chuteiras e ir morar em Matinhos, interior do Paraná, onde morreu.

Ela se apaixonou por Leônidas em 1956, quando o atacante disputou seis partidas pela seleção brasileira e fez gol na vitória sobre o Paraguai pela Taça Osvaldo Cruz. O *tanque* Leônidas, assim chamado pelo físico avantajado, se notabilizou no futebol não só pelo lendário gol plantando bananeira, mas por jogar ao lado de Zizinho na seleção e fazer ao mestre Ziza um pedido inusitado, depois de receber várias bolas mamão com açúcar na cara do gol e chutar todas para fora:

Mestre, não dá bola limpa pra mim, não. Joga mais para o beque, que eu chego junto. Gosto mesmo é de dividir com os caras. Na trombada me garanto, sou mais eu!

Os jornalistas Ari Peixoto e Alex Escobar organizaram o bloco da imprensa. E arrastaram Alberto Dines, Michel Laurence, Toninho Boca-Suja, Victor Garcia, Alberto Nunes, o radialista Antônio Carlos, Luiz Bayer, Achiles Chirol, Márcio Tavares, João Antero de Carvalho, Sílvio Barsetti, Newton Zarani, Milton Salles, Walter Salles, Raul Longras, Cantalice, Vitor Iório, Sérgio Moraes, Wilson Carvalho e Lúcio Lacombe, que chegou a ser presidente do clube nos anos 1980.

A madrinha da turma era Luz del Fuego, vestida pela primeira vez na vida desde que optou pela nudez, veio de calça comprida branca apertadíssima e bustiê vermelho e sem as cobras; trouxe Matinhos, o caseiro da Ilha do Sol, vestido com o uniforme oficial do América. Para agitar a moçada, Luz levou também as irmãs Pagãs, Elvira e Rosina, seminuas, as mais cobiçadas *sex symbols* dos anos 1950.

Monarco não falhou e levou os filhos Mauro e Marquinhos Diniz. Entrou no Maracanã de braços dados com Dona Ivone Lara, o compositor Jorge do Batuke e a cantora Dorina, seguidos por multidão de gente da Portela, que foi prestigiar o velho mestre. Ligado ao samba, Jorge Perlingeiro trouxe o pai, Aerton.

Acadêmicos do Salgueiro, Unidos da Tijuca e do Império enviaram integrantes da bateria, da ala das baianas e mestres-salas e porta-bandeiras. O velho tijucano Moreira da Silva, cria do morro do Salgueiro, com passinho curto, chapelão branco na cabeça, entrou na esteira do grupo, cantarolando o hino.

Solidário ao América, Pedro Luís, tijucano autêntico, juntou o pessoal de A Parede e do Monobloco e um monte de gente que nasceu ou foi criada no bairro para carregar a enorme faixa *A Tijuca saúda o América e pede passagem*. Estavam ali Marcelo Yuka, Luiz Carlos Sá, Luli, Gabriel o Pensador, Jards Macalé, Eri Johnson, Fernanda Torres, Bia Seidl, Cláudia Jimenez, Milton Nascimento, que ao contrário do que muita gente pensa não nasceu em Três Pontas, e Zagalo, alagoano e tijucano de coração.

Fernanda ficou só um pouco com o grupo, logo se bandeou para o lado dos escritores, emocionada com a presença do poeta João Cabral de Melo Neto.

Tom Jobim, que nasceu na Tijuca e foi morar em Ipanema com um ano de idade, não foi ao jogo, mas prometeu torcer pelo América de uma das mesas da churrascaria Plataforma, enquanto enxugasse algumas canecas de chope com os amigos Alberico e Tarso de Castro.

O cantor Zé Renato, botafoguense, encontrou o pai, Simão de Montalverne, jornalista boêmio e americano doente, e, abraçados, brindando com copos de uísque, se juntaram ao grupo do Escobar e do Peixoto.

A cambada da Rua Jaceguai compareceu: Aldir Blanc, Gonzaguinha, Paulo Emílio, Márcio Proença, Darcy de Paulo, Mello Menezes, Sidney Mattos, Ivan e Lucinha Lins, Silvio da Silva Jr., o psiquiatra Aloísio Porto Carrero, a mulher Maria Ruth e a filha Ângela, donos da casa número 27, que reunia esse pessoal e muitos outros que criaram o MAU (Movimento Artístico Universitário).

Já meio cambaleantes, carregando panelão de batida de maracujá, violões e garrafas de cerveja, os caras foram barrados na porta e só entraram em cima da hora, apesar da Jaceguai ficar ao lado do estádio. Abraçado a Aldir, chorando como bezerro desmamado, vinha Belizário, amigo da Rua dos Artistas que enxugava as lágrimas de emoção na surrada flâmula do América que carregava.

A tia Ruth e Manduca trajavam o primeiro uniforme americano: calções, gravatas e cintos brancos; camisas, meias e bonés pretos. Em homenagem aos sete fundadores do América que em 1904 deram o pontapé inicial para a centenária história.

O clube foi fundado poucos meses antes da revolta contra a obrigatoriedade da vacina, quando trinta e oito pessoas morreram e cem se feriram em combates espalhados pela cidade. Curiosamente, no grupo fundador só havia branquelos, apesar de a região ser conhecida como

"Pequena África", pela grande presença de negros baianos nos bairros da Saúde, Gamboa e Santo Cristo.

Quatro anos depois, João Evangelista Belfort Duarte mudou as cores para vermelho e branco inspirado no uniforme do Mackenzie College, de São Paulo, onde estudou. A estreia como esquadrão rubro foi em abril de 1908, 4 a 0 sobre o Paissandu. O escudo, em círculo, com as iniciais AFC, foi adotado somente em 1913, idealizado por Marcos Carneiro de Mendonça.

Sobrenatural de Almeida largou os cantores e se juntou à tia Ruth e Manduca. Estava de olho também nas vedetes, porque o que não faltava ali era mulher bonita.

Havia o grupo de ex-jogadores, liderados por Dé Aranha, torcedor do América, que jogou com sucesso no Bangu e no Vasco, e que vestiu a camisa rubra por pouquíssimo tempo, já em fim de carreira. Estavam lá: Fernando Cônsul, Zezinho, Amorim, Carlos Pedro, Gasperin, País, Jonas, Tadeu Ricci, Renato (irmão do Amarildo), Joãozinho, Sarão, Gilberto, Ica, Zé Carlos, Aldeci, Mareco, Paulo César Puruca, Gilson Gênio, Badeco, Renato Carioca, Antônio Carlos, Elói, Moreno, Duílio, Geraldo, Álvaro, Flecha, Gilson Nunes, Tarciso, Sérgio Lima.

Pai Jeremias, eufórico, foi abraçar a turma porque havia jogado com a maioria.

Quase em cima da hora de começar a partida, uma turma vinda de ônibus de São Paulo ocupou as arquibancadas atrás do gol. Eram companheiros da ESPN que repetiam o que fizemos na final da Taça Guanabara, em 2006, quando aluguei um ônibus e convidei quarenta pessoas para ir ao Maracanã torcer pelo América. Foi inesquecível. Depois da derrota para o Botafogo — quando fomos escandalosamente roubados — afogamos as mágoas com chope e cabrito com agrião no Capela, na Lapa, antes de voltar para a Pauliceia.

O pessoal da ESPN se acomodou ao lado da bandinha do Tutu, que anima jogos do Bangu tocando marchinhas, contratada especialmente para a ocasião e todos os doze integrantes de calça branca e camisa vermelha.

Como Obdulio Varela

Torcedores de todos os clubes, menos os rubro-negros, se uniram aos americanos. O Rio de Janeiro nunca vira coisa igual. Desde 1960 o clube da Tijuca não gritava *é campeão* e havia no ar da cidade um sentimento de piedade, de compaixão, como sentiu Obdulio Varela, capitão uruguaio, depois da derrota brasileira na final de 1950, no Maracanã.

Obdulio, depois de comemorar a conquista com os companheiros no hotel Paissandu, saiu de madrugada pela cidade, a fim de tomar mais umas. Mas, ao ver a tristeza dos brasileiros com a perda da Copa, se apiedou. Sentiu pena dos torcedores adversários. Queria pedir desculpas pela dor que provocara.

Antes da final do América contra o Flamengo, os cariocas viam os torcedores rubros como Obdulio viu os brasileiros após o Maracanazo. Estavam ao lado do América como que pedindo desculpas por não ter dado nenhuma chance nos cinquenta e tantos anos de jejum.

Foi este sentimento que levou o generoso Hélio Palavrão a participar da aventura dos mortos-vivos. Torcedor fanático do Botafogo, ficou comovido com a possibilidade de levar alegria à sofrida torcida americana. E entrou de corpo e alma no projeto.

Assim que os jogadores subiram para o campo, Hélio se refugiou sob a arquibancada com ouvido colado no radinho de pilha e na transmissão de Doalcey Bueno de Camargo. Ficou assim até o fim.

Felipinho também não assistiu à partida. Pouco antes de começar, perto da entrada para as cadeiras especiais, cruzou com o tal Miranda. Não aguentou, aproximou-se e lascou a mão na fuça do sujeito. Acabou levando catiripapos dos capangas e trancafiado no xilindró do estádio.

De orelha quente e nervoso por não poder assistir ao jogo, Felipinho se consolava com o orgulho por ter enfiado bolacha em quem tanto prejudicou o América. Só foi solto com o jogo encerrado.

Ajeitei-me na arquibancada ao lado do meu pai, uma fileira abaixo de Romário e Seu Edevair e do craque Alarcon, ao lado de Papu e Pedro de Castro. O argentino levou susto quando o América entrou em campo e a torcida gritou *Saaangue!* e em coro:

Vocês quebraram a perna do Alarcon, seus safados!

Alarcon olhava em volta, espantado, aplaudia os torcedores, mas poucos ali sabiam quem ele era. Romário e eu gritamos seu nome acenando para ele. Os gritos pareciam reconfortá-lo, tirando dos ombros o peso da acusação de que teria se vendido. Martim Alarcon, olhar triste, envelhecido, nem de longe lembrava os tempos de galã quando chegou ao América em 1954. Parecia querer gritar e agradecer à torcida: *Soy Alarcon. Soy Alarcon. Gracias, muchas gracias!*, mas a voz era um fiapo, não saía.

O melhor time do mundo

O foguetório foi tão intenso quando o América entrou em campo que parecia festa de réveillon em Copacabana. O árbitro Eunápio de Queirós precisou esperar quase uma hora para dar início à partida, o Maracanã ficou uma fumaceira só. Quando a fumaça se dissipou os jogadores correram até a torcida, mandaram beijos, fizeram sinal de positivo e esticaram a faixa vermelha com letras brancas:

Com o América onde estiver o América.

A emoção tomou conta dos vivos e dos mortos-vivos. As bandinhas tocavam sem parar, dava dó da torcida do Flamengo, que quando começava a cantar, era abafada pela massa americana. Por todo o estádio ouvia-se a narração de Doalcey Camargo, que iniciou com a voz meio embargada pela emoção, mas logo se recuperou:

Abrem-se as cortinas. Tarde de sol. Céu claro. Clima agradável para a prática do esporte bretão. Caros ouvintes, torcida brasileira, amigo torcedor, chegou a hora tão esperada!

Há cinquenta e quatro anos a torcida americana aguarda por este momento sagrado que é ganhar o campeonato carioca. Ser campeão da cidade de São Sebastião do Rio de Janeiro. E isto pode se realizar hoje, aqui no Maracanã, outrora o maior do mundo. O Flamengo quer impedir o sonho do América, como fez nos anos 1950, fechando o tricampeonato 53-54-55, no famoso jogo da perna quebrada do argentino Alarcon. E, dizem, quando o zagueiro Osvaldinho se vendeu.

Será com toda a certeza um jogo memorável, inesquecível, inebriante.

Parem tudo, fiquem atentos à narração. A história do futebol brasileiro certamente passará por este gramado inaugurado em 1950 e que teve a honra, o privilégio, de ser pisado por artistas geniais como Pelé, Zizinho, Garrincha, Tostão, Zico, Gerson, Rivelino, Castilho e tantos outros.

O que está acontecendo hoje jamais se viu em qualquer estádio da cidade. A maior torcida do Rio é agora vermelho e branco, coisa inimaginável até então. Quem diria! O Ameriquinha virou Mecão.

Está tudo pronto para o início da porfia.

O América, do meu lado direito, como mandante, veste seu uniforme tradicional: calções brancos, camisas vermelhas e meias zebradas. O Flamengo entra em campo com seu segundo uniforme: meias, calções e camisas brancas e faixa horizontal vermelha e preta na altura do peito.

Sua Senhoria, Eunápio de Queirós, coloca o balão no meio do campo, consulta o relógio e... foi dada a saída... Agora, salve-se quem puder e que vença o melhor!

Narração de jogo pelo rádio é um tormento na vida do torcedor fanático. O cara se esgoela todo sei lá de onde e você do outro lado imagina cenas inacreditáveis, terríveis, assustadoras, como diz o escritor Nick Hornby no delicioso *Febre de Bola*, livro em que narra sua obsessão pelo Arsenal, por coincidência o time pelo qual torço fora do Brasil.

Não sou bom ouvinte de rádio, mas muito poucos torcedores são. A torcida é muito mais rápida que os locutores — os gritos e lamentos da massa precedem a descrição da ação por vários segundos — e a impossibilidade de ver o campo me deixa mais nervoso do que se eu estivesse no estádio, ou vendo na tevê. No rádio, qualquer chute contra o gol da gente está indo exatamente no ângulo, qualquer cruzamento causa pânico, qualquer falta pro adversário é marcada pertinho da área...

Não sei se foram as palavras de Eduardo Galeano, os pedidos que fiz, a vontade de realizar a despedida em grande estilo — ou quem sabe a consciência de que era preciso dar alegria àquela gente sofrida, que estava em êxtase, como que esperando o Messias.

A verdade é que foi a maior exibição de uma equipe em toda a história do futebol mundial.

Quem sabe os jogadores não foram influenciados pela leitura do *Veneno Remédio*, livro do José Miguel Wisnik que deixei de propósito na sala da concentração do Alto da Boa Vista, com uma página marcada citando o diretor de cinema italiano Pier Paolo Pasolini que dividia o futebol em prosa, o europeu, e em poesia, o brasileiro. É claro que Pasolini escreveu o texto empolgado com a seleção de 1970, jamais imaginaria um resultado desastroso como o 7 a 1.

O certo é que nunca, nunca mesmo, um time jogou como o América nessa inesquecível tarde de domingo, 8 de dezembro, no Maracanã. Que seleção húngara de 1954, que nada! Nada também da seleção holandesa de 1974; do Real Madrid de Di Stéfano e Puskás; do Brasil de 1958, 1970 e 1982; do Barcelona de Messi e Guardiola; do Flamengo de Zico; do Santos de Pelé, Coutinho e Pepe; do Cruzeiro de Tostão e Dirceu Lopes; da Academia do Palmeiras; do

Botafogo de Garrincha e Didi; do Benfica de Eusébio; do Ajax de Cruyff; do Milan, de Van Basten e Gullit.

Os jogadores americanos incorporaram os maiores craques brasileiros de todos os tempos. Menos Pompeia, o *Constellation*, que foi ele mesmo, magnífico. Jorge virou Djalma Santos, até as pernas ficaram arqueadas; Djalma Dias se transformou em Domingos da Guia, e dava dribles nos atacantes, as famosas "domingadas"; Sebastião Leônidas, assim como Pompeia, não incorporou ninguém, era craque autossuficiente; Nilton Santos, a "enciclopédia do futebol" baixou em Ivan; no meio-campo Amaro virou o maestro Danilo Alvim; João Carlos se trasvestiu no magnífico Didi e Bráulio em Gérson, o canhotinha de ouro, e Ivo tirou onda como o elegante Dino Sani. No ataque, Canário driblava que nem Mané Garrincha; Maneco incorporou a genialidade de Pelé e Edu, à vontade, virou cavalo do irmão Zico. Luizinho entrou e se tornou Romário, e Leônidas da Selva, o xará Leônidas da Silva.

Não deu para o Flamengo. Não daria para nenhuma equipe no mundo.

Os gols do campeão

Foi o maior espetáculo da terra: dribles da vaca, caneta, carretilha, elástico, passes de quarenta metros, de letra, calcanhar, chutes de trivela, gol de bicicleta, defesas milagrosas. A torcida enlouquecia a cada lance. O primeiro tempo terminou 3 a 0, fora o baile. E que baile!

Os gols na narração emocionadíssima de Doalcey Camargo:

América 1 a 0 — *Decorridos vinte minutos do tempo regulamentar, Bráulio estica a bola num passe longo para Canário. Este prende a bola, avança, dá um corrupio em Jordan, que cai sentado e cruza para a área. Edu recebe, mata no peito, ajeita com carinho, parte para cima do violento e carniceiro Pavão, joga entre as pernas do beque, passa como quer por Liminha, que veio dar combate, dribla ainda o vigoroso Jordan na cobertura. Conseguiu! vai tentar o arremate, chuta... e é gol! Gol, Gol do América! Edu, camisa dez, sensacional. O baixinho é fogo, senhoras e senhores. Agora, no placar do Maracanã, América 1, Flamengo 0.*

América 2 a 0 — *O América realiza estupenda porfia e deixa os seus torcedores embasbacados. É bola de pé em pé. Coisa de louco. Avança Amaro pelo meio, passa para João Carlos. O meia pisa na* *bola, olha em volta e dá um passe de quarenta metros milimétricos para Maneco, o Saci de Irajá, que está com o capeta. Este mata na coxa, abaixa no terreno, sai em disparada com o balão em direção ao gol de Chamorro. Chega Murilo, que leva o primeiro come, vem o centromédio Carlinhos na cobertura, que leva um chapéu, chega Onça, que cai sentado com o drible da vaca. Maneco entra como quer na área rubro-negra e dispara forte no canto esquerdo. É gol! É gol! Golaço! Não é por nada, não, mas Maneco fez lembrar Pelé neste gol. Agora, no placar de Maracanã, América 2, Flamengo 0.*

América 3 a 0 — *O América joga como nunca. A torcida não acredita no que vê. É um show, torcida brasileira. Confesso que em tantos anos de profissão jamais vi coisa igual... Edu coloca na grama e faz tabela com Maneco na altura do centro do campo. Ninguém lhe dá combate. E o baixinho segue com a esfera, fazendo embaixadinhas na frente do beque Onça, que não sabe se vai ou se fica. Onça vai, Edu lhe aplica um chapéu pra cá, outro pra lá e segue em frente. Tabela de novo com o Saci de Irajá e entra na área pela meia direita, deixando Jordan atordoado. Edu vê o goalkeeper Chamorro adiantado e joga por cima. Trave!, senhores, travessão! Mas a bola volta pra Edu. Atenção! De bicicleta, não, de bicicleta, não, só faltava essa, é gol! Goool do América, Edu, escorando de bicicleta um chute dele mesmo no travessão. Agora, no placar do Maracanã, América extraordinário 3, Flamengo, 0.*

O Flamengo quase não pegou na bola, mesmo assim Pompeia fez duas pontes sensacionais, voando por cima dos zagueiros e dos atacantes rubro-negros, quase quebrando o pescoço. Logo ele que jogava no sacrifício, praticamente cego. O técnico paraguaio Fleitas Solich, na boca do túnel do Flamengo, balançava a cabeça sem entender o que acontecia, enquanto Martim Francisco, extasiado, fumava um cigarro atrás do outro, e dava golinhos na garrafa de guaraná, devidamente abastecida com uísque.

Ao som das Bachianas

No intervalo, a torcida do América já comemorava o título. As bandinhas tocavam marchinhas de Lamartine, uma atrás da outra. Lalá, feliz da vida, atacava de maestro, enquanto os torcedores cantavam *a, e, i, o, u, dabliú, dabliú na cartilha da Juju, Juju...*

Meu pai, homem de pouco riso, mas adorava cantarolar "No Rancho Fundo", também de Lamartine e Ary Barroso, dava gargalhadas e aplaudia de pé a festa americana. Eu me abraçava a ele. Queria aproveitar os momentos que nos restavam — os reencarnados tinham prazo de validade. O mesmo acontecia com Romário e *Seu* Edevair, com a família Antunes e todo mundo ali na arquibancada agarrado aos parentes revividos.

Do lado de fora do estádio, o carnaval começou antes de Eunápio de Queirós apitar o início do segundo tempo. Setenta mil torcedores americanos, ao lado de botafoguenses, tricolores e vascaínos subiam e desciam a Avenida Maracanã como se estivessem na passarela do samba da Praça Onze. Os integrantes do Salgueiro, que ainda não tinham descido o morro, chegaram fantasiados, fazendo a maior arruaça desde a Praça Saenz Pena, sacudindo as bandeiras vermelho e branco da escola, as cores do América.

Um dos fundadores da primeira Escola de Samba carioca, a Deixa Falar no Estácio em 1927, foi o grande compositor Ismael Silva. As cores vermelho e branco foram escolhidas em homenagem ao bloco União Faz a Força e ao América, que tinha a sede no bairro vizinho.

Curiosamente, quando os jogadores pisaram o gramado na volta para a etapa final, a torcida emudeceu. A ansiedade tomou conta, percebia-se a tensão no rosto dos torcedores. O time voltou sem alterações.

Olhei para Alarcon, ele parecia que ia ter um troço. Chorava de soluçar no ombro de Manduca, que tinha ido cumprimentá-lo.

De repente, o maestro Villa-Lobos, irrequieto, incomodado com o silêncio, se ergueu do meio da multidão. Atirou o charuto no chão, jogou a cabeleira para trás, limpou a boca com as costas da mão e começou a assobiar os primeiros acordes da sua "Bachiana Brasileira número 5", imediatamente seguido pelo barítono Paulo Fortes, depois por alguns torcedores ao lado e em instantes por outros mais adiante. Em pouco tempo, o estádio inteiro assobiava, até os jogadores. Foi de arrepiar.

De vez em quando Villa parava e apontava a batuta para Lamartine, que se levantava e regia por alguns minutos as bandinhas que tocavam suas músicas. Foi assim durante todo o segundo tempo: a "Bachiana Brasileira número 5" intercalada com "O teu cabelo não nega", "A, e, i, o, u, Grau Dez"...

Em campo, os jogadores resolveram humilhar e vingar para sempre a aquela fatídica melhor de três. Comandados por Maneco, trançavam pra lá e pra cá, firulando, sem se preocupar em fazer gols. A torcida vibrava como se estivesse em uma tourada e gritava *olé, olé, olé*.

O zagueiro Pavão, que fez dupla com Tomires no jogo da perna quebrada do Alarcon, em 1956, dava pernadas, cotoveladas, cusparadas, golpes de capoeira, mas nada intimidava Edu, Maneco e companhia. Onça, o outro zagueiro, chegou a dar um murro no rosto de Bráulio, depois de levar três chapéus seguidos. Os jogadores do Flamengo, transtornados, pareciam um bando de crianças enfrentando um time profissional.

Mas Edu queria mais e marcou outro gol, narrado assim por Doalcey quase sem voz:

América 4 a 0 — *Quase não há mais tempo para reação rubro-negra, torcedor amigo. São decorridos quarenta, quarenta minutos da etapa complementar. O América dá espetáculo, com bola pra lá e pra cá, lembrando o saudoso ataque tico-tico do fubá. A torcida continua assobiando a "Bachiana Brasileira número 5", regida, vejam só, pelo próprio compositor, o famoso Villa-Lobos, lá das arquibancadas. É um espetáculo primoroso. Mas Edu parece querer mais, ele que já marcou dois tentos esta tarde... Pompeia bate o tiro de meta e a bola cai nos pés de Jorge. Este corre pela lateral do gramado, enfia para Bráulio. O menino de ouro balança o corpo, finta Espanhol e dá de calcanhar para Leônidas, que entrou em lugar do Saci de Irajá, contundido. O tanque americano tromba com um, tromba com outro e abre caminho para Eduzinho, que corta Junior Baiano, Liminha, Murilo, o* goalkeeper *Chamorro e entra com bola e tudo. É gol! Goooool do América! Golaço! Golaço! Agora, no placar do Maracanã, América 4, Flamengo 0. Minha nossa! O América vai ser campeão!*

A partida acabou com a bola nos pés de Edu, o craque da decisão. O campo foi invadido imediatamente por reservas, comissão técnica, torcedores, pais de santo e repórteres. Os jogadores se beijavam e se abraçavam enquanto davam a volta olímpica carregando a taça de campeão carioca. E que taça! Pesava quarenta e cinco quilos e para levantar precisaria de dois caras fortes, exceto por Pompeia, que a erguia com a delicadeza de um bailarino.

Sobrenatural de Almeida, trepado no travessão, ria de orelha a outra, aplaudia.

Na arquibancada, vivos e mortos se abraçavam, choravam e enfim podiam gritar:

É campeão, é campeão!

A torcida americana passou a dar razão ao Mauro César Pereira: futebol é a maior invenção do homem!

Hélio Palavrão tirou Felipinho do xilindró e foram comemorar no gramado. Tia Ruth, que desta vez não passou mal, beijava Manduca na boca. Os grupos de torcedores não arredavam pé do estádio, aplaudindo freneticamente. Nunca vi meu pai tão feliz, pulava como criança.

Uma confusão dos diabos. Muita fumaça, rojões, balões, gritaria. Só a muito custo dava pra ouvir Doalcey Camargo:

Há muito o América acalentava este sonho, sempre na boca de espera. O mais simpático time da cidade não gritava é campeão, é campeão há anos! Agora pode gritar querido torcedor americano, o título é seu, aliás, nosso porque nunca escondi que sempre fui torcedor do time de Campos Sales. Agora, sim, podemos dizer que somos campeões. Deus salve o América!

E não me lembro de mais nada do que aconteceu, desmaiei. Caí duro no vestiário, assim como Martim Francisco, bêbado, em outro canto, enquanto jogadores e comissão técnica festejavam. O roupeiro Gessy foi encontrado desacordado no fundo da rouparia com uma garrafa de cachaça — vazia — na mão.

Acordei bom tempo depois, quando já tinham me carregado para a rua. Ainda cambaleante, juntei-me à multidão de mais de cem mil torcedores rumo a Campos Sales, onde a grande festa iria começar.

Ficha técnica	América 4 × 0 Flamengo
Local	Maracanã
Público pagante	75 500
América	Pompeia, Jorge, Djalma Dias, Sebastião Leônidas e Ivan: Amaro, João Carlos (Ivo) e Bráulio; Canário (Luizinho), Maneco (Leônidas da Selva) e Edu. Técnico: Martim Francisco
Flamengo	Chamorro, Murilo, Pavão (Junior Baiano), Onça e Jordan; Carlinhos e Liminha (Dr. Rubis); Espanhol, Doval, Dida e Babá (Esquerdinha). Técnico: Manuel Fleitas Solich
Gols	Edu, aos 20, Maneco, aos 27 e Edu, aos 33 do 1º. Edu aos 40 do 2º
Juiz	Eunápio de Queirós

A faixa do *Pau Neles* se perdeu no meio da confusão, mas não precisava mais exibi-la. Os 4 a 0, o show, o baile, a festa, o título, esfregaram na cara deles, com força, uma desforra completa. Meio século depois, Alarcon e a torcida americana estavam vingados. E como!

A caminho de Campos Sales, já recuperado, recebi um abraço apertado de Jaime de Carvalho, chefe da torcida do Flamengo, o homem que levou a charanga para os estádios. Num gesto nobre e emocionante, fez seus músicos tocarem o hino do América, em homenagem ao título.

Do jeito que vocês jogaram, nem a seleção brasileira venceria. Parabéns!

*

Antes de chegar à sede do América, recebi um telefonema do agente de Tim Burton, revelando que o cineasta, chegado numa zoeira, acompanhou com interesse a história dos revividos. E, como a história teve final feliz, queria comprar os direitos para filmar *Os craques reencarnados*.

Contou que o diretor já tinha até o *cast* na cabeça, que Johnny Depp faria o meu personagem, Vincent Price seria o tal Miranda e Christopher Lee, Giulite Coutinho. E que se houvesse acordo gostaria de iniciar a filmagem imediatamente. O cineasta mandou dizer também que desde *A noiva cadáver*, *Edward mãos de tesoura* e *A Fantástica Fábrica de Chocolate* não curtia tanto uma história. E que o próprio Tim Burton faria o roteiro.

Respondi que era impossível. Daria muito trabalho pegar autorização das famílias e não desejava ir em frente com essa história. Havia prazo de validade, conforme o combinado. Dali a poucos dias não existiria mais ninguém dessa fantástica turma.

As grandes vitórias, a maior atuação de um time de futebol desde que o esporte foi inventado, o convívio com os jogadores mortos-vivos, o reencontro com meu pai e com os outros que reencarnaram viraria lembrança em pouco tempo.

E também não gostaria de ver nossa história contada em Hollywood. Era coisa minha, da torcida americana, da minha Tijuca, que ficasse no nosso quintal para sempre. Ganhar o campeonato já estava de grande tamanho.

Queria saborear a conquista de um título, queria ver o time dar a volta olímpica, queria vingar derrotas históricas, queria deixar de ser o coitadinho, o segundo time de todo mundo que não faz mal a ninguém.

Consegui! Então, deixa estar.

E o Tim Burton, com todo o respeito, que vá procurar histórias em outra freguesia.

A festa em Campos Sales durou dois dias, a Tijuca enlouqueceu.

Festa de arromba

Foram montados dois palcos no gramado e outro na Praça Afonso Pena, a multidão não caberia dentro do estádio. Além dos enlouquecidos torcedores do América, os vivos e os reencarnados, a população tijucana compareceu em peso para ver o maior show de que se teve notícia.

As escolas de samba do bairro abriram os trabalhos: Salgueiro, Unidos da Tijuca e Império, com mais de três mil integrantes cada uma. A Império, menos badalada, levantou o povo que se espremia no gramado de Campos Sales ao levar o samba "Tijuca, cantos, recantos, encantos", vencedor do Carnaval de 2006 no grupo de acesso.

Desce o morro da Formiga/ do Borel e do Salgueiro/ as escolas que incrementam/ nosso samba o ano inteiro.

Com Martinho da Vila à frente, a vizinha Vila Isabel veio prestigiar para lembrar os ensaios no campo do América no Andaraí. A Imperatriz Leopoldinense mandou uma delegação de peso e encantou com o samba-enredo de 1981, "O teu cabelo não nega", em homenagem a Lamartine.

Nesse palco iluminado/ só dá Lalá/ és presente imortal/ só dá Lalá/ nossa escola se encanta/ o povão se agiganta/ é dono do

Carnaval/ Lá lalá Lamartine/ Lá lalá Lamartine/ em teu cabelo não nega/ um grande amor me apega/ musa divina!

A turma que se apresentava no campo ia em seguida para a praça. Vieram Ivan, Lucinha Lins e Gonzaguinha, representando a Rua Jaceguai. Ivan fez a plateia cantar junto "Desesperar jamais" e Gonzaguinha emocionou com "Geraldinos e Arquibaldos".

Jards Macalé cantou na sequência e lembrou que foi vizinho de Vicente Celestino e Gilda Abreu, quando morava na Rua Pucuruí, hoje Max Fleuiss, pertinho do Colégio São José. Luiz Melodia veio do Estácio e deu canja. Gabriel o Pensador homenageou a avó Eneida que o criou numa casa na Rua Carvalho Alvim.

Moacyr Luz, que morou por mais de vinte anos no mesmo prédio que Aldir Blanc na Garibaldi, teve que bisar mais de cinco vezes "Saudades da Guanabara", sua obra-prima com Aldir e Paulo César Pinheiro.

O âncora da primeira parte da festa foi Chico Anísio, que antes de tudo se desculpou com os americanos por ter virado casaca com a desculpa de que queria *ter uma velhice mais tranquila. Me perdoem, não sei onde eu estava com a cabeça para falar uma besteira daquelas.*

O salão de festas da sede social teve um show particular com o pessoal que frequentava o Sinatra-Farney Club nos anos 1950 no porão da casa na Rua Moura Brito. Coisa finíssima com João Donato, o próprio Dick Farney, Paulo Moura, Dóris Monteiro, Raul Mascarenhas, Nora Ney, Carlos Lyra e Johnny Alf.

Mário Reis, com seu jeito manso de cantar, também achou melhor se apresentar no salão. E arrastou uma multidão que queria vê-lo interpretar grandes sucessos. Elegantíssimo, de smoking com cravo vermelho na lapela, dividiu a apresentação em duas. Na primeira, interpretou canções de Lamartine Babo, ali na primeira fila, fantasiado de diabo e de cara cheia desde a véspera: "Linda Morena"; "Ride, palhaço"; "A tua vida é um segredo"; "Isto é lá com santo Antônio"; "Rasguei a minha fantasia"; "Joujoux e balangandãs" e "Uma andorinha não faz verão".

Na segunda parte, canções de Noel Rosa, Nássara, Francisco Alves, Donga, João de Barro, Ismael Silva, Bide e Marçal, Benedito Lacerda e o seu maior sucesso, "Jura", de Sinhô. Emocionado, fez questão de, ao sair, dar um pulo até a Rua Afonso Pena mostrar onde viveu até a adolescência. No lugar do palacete, havia um prédio de oito andares. Decepcionado, tirou um envelope do bolso do smoking e me entregou um recorte de jornal, dizendo que era um artigo publicado na *Tribuna da Imprensa* nos anos 1960 e que contava o seu envolvimento com o América:

Herdei de meu pai muitas coisas e uma delas foi a paixão pelo América.

Meu pai, Raul Reis, foi presidente do clube de 1920 a 1925. Até hoje, é tido como um dos melhores que o América teve, tanto que, em 1923, foi distinguido com o título de Grande Benfeitor.

Mas meu envolvimento pessoal com o clube foi aos onze anos. Nas horas vagas das minhas atividades escolares, ia para Campos Sales jogar futebol e praticar tênis. Morava, então, na Rua Afonso Pena, bem perto, portanto. Acompanhava o futebol de maneira compulsiva. Sabia o nome de todos os nossos jogadores e de muitos dos nossos adversários, o resultado das partidas, os autores dos gols e, se do América, até os minutos em que foram conquistados. Com a memória privilegiada que tenho, conservo até hoje a maioria desses dados.

Fui meia-direita no terceiro time e no juvenil, em 1923. Em 1924 passei para o segundo time, mas logo parei para dedicar-me mais ao tênis, esporte em que, como tenista do América, fui campeão de duplas e integrei a seleção carioca.

Participei, também, de inúmeras atividades sociais no Clube, como os bailes dominicais e serestas em homenagem às moças americanas e os festivais de música que eram promovidos.

Francisco Alves, Sílvio Caldas, Vicente Celestino e Carlos Galhardo, vozes poderosas, se exibiram no gramado e levaram os velhinhos do bairro ao delírio, alguns até desmaiaram. Os ex-presidentes Álvaro Bragança, Léo Almada, Carvalhal, Greco e Waldir Motta precisaram ser atendidos nas ambulâncias espalhadas por Campos Sales e adjacências.

Sílvio Caldas fez muita gente, principalmente meu pai, se desmanchar em lágrimas quando cantou "No Rancho Fundo". De madrugada, Sílvio voltou ao palco e disse que se arrependera de anunciar a despedida do cenário musical e que continuaria cantando. Foi ovacionado. Aproveitou a emoção e leu texto, publicado na *Revista do América* em 1975, onde revela a sua paixão pelo time:

Sou, ainda hoje, o mesmo Sílvio dos tempos da barreira, aqui em Campos Sales, do Ojeda, da juventude em São Cristóvão, quando os garotos enchiam o peito e diziam que aqui se fabricam campeões.

Minha maior emoção vivida como torcedor foi a conquista do Campeonato do Centenário, em 1922. Quem tem a minha idade e conheceu o América daqueles tempos não pode esquecer essa conquista.

Eu sei é que gostaria de ver o América campeão outra vez. E isso nós conseguimos hoje. Que emoção!

Sou de um tempo em que só tínhamos cobras: Osvaldinho,

a Divina Dama, Carola, Ferreira, que goleiraço!, Ojeda, Plácido, Hildegardo e até o nosso Danilo Alvim.

Ser América é uma filosofia ou um estado de espírito? Não sei. Para mim, ser América é uma coisa tão sublime que não há explicação.

Chico Alves, o Chico Viola, O Rei da Voz, se apresentou na maior estica, brilhantina no cabelo, sapatos de verniz de duas cores. Confessou que quando o carro que dirigia se chocou com o caminhão na Dutra, altura de Taubaté, acidente que causou sua morte em setembro de 1952, estava apressado porque queria chegar ao Rio a tempo de assistir a uma partida do América.

Com categoria impressionante interpretou trinta e cinco sucessos, e encerrou com "Aquarela do Brasil". Foi obrigado a bisá-la três vezes. Francisco Alves gravou quinhentos e vinte e seis discos com novecentas e oitenta e três músicas. Se não o tirassem do palco cantaria todas, tão entusiasmado que estava.

Chico Anísio passou o bastão para Oscarito, que divertia o público com piadas e esquetes cômicos escritos pelo tijucano Don Rossé Cavaca, ao lado de Virgínia Lane, deslumbrante no maiô dourado, turbante à Carmem Miranda e as lindas pernas de fora para a alegria dos campeões que babavam na fila do gargarejo.

Os comediantes Mário Tupinambá, Leandro Hassum e Paulo Celestino contracenaram com o mestre e até Grande Otelo apareceu de surpresa e levando a multidão ao delírio quando cantou e dançou junto com Oscarito.

A plateia se excitou com a chegada da urna de vidro com o faquir Silk. Ele estava havia cento e treze dias sem comer e faltavam apenas dezessete horas para quebrar o recorde mundial do faquirismo pela quarta vez consecutiva. Nos anos 1960, o gaúcho Adelino João da Silva se apresentava mundo afora com estrondoso sucesso. Entrou várias vezes no *Guinness Book*, pelo recorde de dias que ficava sem comer. Ganhou até música instrumental de João Donato, "Silk Stop". Deitado numa cama de pregos e com duas enormes jiboias enroladas no corpo, Silk se apresentava na movimentada galeria Cineac Trianon, no centro da cidade. Mas, em homenagem ao América e para ter mais visibilidade — a atenção dos cariocas estava toda voltada para Campos Sales — os empresários do faquir decidiram realizar a proeza na sede do clube.

Para descontrair a multidão, em pé havia muitas horas, subiu ao palco o professor de educação física, Osvaldo Diniz de Magalhães, que todos os dias às seis da manhã apresentava *A Hora da Ginástica* na rádio Nacional. Foi um sucesso! Acompanhado por uma pianista o professor fez a plateia se exercitar durante uma hora às ordens de *um, dois, três, boca fechada, corrida na ponta dos pés, mãos pra cima...*

O pioneiro da ginástica pelo rádio tem estátua em sua homenagem na Praça Saenz Pena. *A Hora da Ginástica* foi ao ar por cinquenta e um anos e muitas vezes meus pais e eu acompanhamos o programa correndo em volta da mesa da sala, dando topadas nas cadeiras e escorregando no tapete.

Põe arromba nisso!

De repente, as vedetes que torceram pelo América no Maracanã e deixaram Romário abilolado, abriram espaço no gramado, afastaram os torcedores e, junto ao palco, improvisaram um minicampo de futebol. E para delírio dos marmanjos, de maiô de duas peças, disputaram uma pelada em dois tempos de vinte e cinco minutos cada. O destaque foi Eloina, estrela do Teatro Carlos Gomes, que marcou dois gols na vitória de 3 a 1 do time vermelho, que ficou com a Taça Certinhas do Lalau, homenagem a Sérgio Porto, o Stanislaw Ponte Preta, que todos os anos fazia a lista das dez mais gostosas e publicava no jornal *Última Hora*.

Sérgio Porto tinha bronca de cronistas sociais como Ibrahim Sued que fazia a lista das "dez mais", *incentivando o ócio, a frivolidade e a vagabundagem*, argumentava: *vestir com classe é fácil, o difícil é tirar a roupa com idem*. E criou a lista das dez mais bem despidas, as "certinhas do Lalau".

Os times jogaram assim:

Vermelho — Renata Fronzi, Esther Tarcitano, Marly Marley, Elvira Pagã (Íris Bruzi) e Rosina Pagã; Sonia Mamede e Eloína; Janette Jane, Virgínia Lane (Suely Franco),

Angelita Martinez (Brigite Blair) e Norma Bengell (Miriam Pérsia). Técnico: Walter Pinto, empresário de quase todas.

Branco — Luz del Fuego (que jogou só com a parte de baixo do maiô), Zaquia Jorge, Lilian Fernandez, Anilza Leoni e Mara Rúbia (Diana Morel); Nélia Paula (Mary Marinho) e Conchita Mascarenhas; Elisabeth Gasper, Wilza Carla (Carla Morel), Gina Le Feu (Marly Tavares) e Carmem Verônica. Técnico: Colé, marido de Lilian Fernandez.

O juiz foi Mário Vianna, árbitro na Copa de 1954, na Suíça, que depois de pendurar o apito virou famoso comentarista de arbitragem. Os bandeirinhas foram o genial Zé Trindade, *meu negócio é mulher*, e Carlos Imperial, que fazia lista alternativa às das certinhas do Lalau, *as lebres do Imperial*.

Enquanto as vedetes do teatro rebolado levantavam a plateia, no palco da Afonso Pena lutadores de luta-livre e de telecatch se exibiam num ringue improvisado. Os destaques foram Ted Boy Marino, o galã ítalo-argentino, queridinho das moças; Nocaute Jack, o rei das tesouras-voadoras, e Mariel Mariscot, o policial-bandido dos anos 1970.

O público vibrou e se divertiu com a Múmia, o Verdugo, o Rasputim da Barba Vermelha, o Tigre Paraguaio usando tanga de oncinha, o vilão Aquiles, o detestável Valdemar Sujeira e o enigmático Fantomas, com suas roupas cavernosas.

Ainda na Praça Afonso Pena, a criançada quase caiu para trás de alegria quando Carequinha subiu ao palco com a turma do circo Bombril: Fred, Zumbi, Meio-Quilo e Oscar Polidoro. É que Zumbi, que se apresentava de peruca desgrenhada e enrolado em lençol para assustar a criançada, era torcedor fanático do América.

Carequinha foi logo perguntando:
Tá certo ou não tá?
E, depois de contar piadas, dar cambalhotas e piruetas cantou:
"O bom menino" hino da criançada da época:
O bom menino não faz xixi na cama/ o bom menino não faz malcriação...
Carequinha foi embora ovacionado, enquanto Zumbi comemorava o sucesso do time dos xarás *zumbis*, agitando enorme bandeira do América.

Villa-Lobos, extasiado com o espetáculo que protagonizou no Maracanã, se apresentou com a Sinfônica Brasileira, com 105 integrantes e um convidado especial: Guinga, um dos maiores violonistas do mundo, fã ardoroso do maestro e ex-morador da Tijuca, onde tinha consultório de dentista.

Empolgados, emendaram as "Bachianas" 2, 3, 4, 7, 8 e 9, próprias para orquestra, uma atrás da outra. No final do concerto, Villa-Lobos repetiu a proeza do estádio: comandou a multidão assobiando a "Bachiana número 5", junto da soprano Maria Lúcia Godoy — a maior intérprete do maestro —, de oito violoncelos e do Guinga.

E Villa ainda voltou no dia seguinte com a orquestra e coral do Teatro Municipal para reger as suas quatro suítes do Descobrimento do Brasil. Saiu exausto, carregado, mas feliz que nem pinto no lixo. E gritando *Saaangue! Saaaangue!*, enquanto acendia seu enorme charuto.

O barítono Paulo Fortes aproveitou o embalo e cantou uma ária da ópera "Fosca", de Carlos Gomes. E, de quebra, atacou de "O Guarani" e "O Barbeiro de Sevilha". Sua voz grave e aveludada de tão forte e emocionada podia ser ouvida na Cinelândia, a quilômetros de distância.

Jovem Guarda em peso

Tim Maia pintou o sete. Cantou durante horas, não reclamou do som e chamou ao palco velhos amigos da Tijuca e do Rio Comprido: Erasmo, Roberto Carlos e Jorge Ben.

Erasmo Carlos abriu o show com "A turma da Tijuca", que fala do tempo em que batiam ponto no bar Divino, ao lado do cinema Madri, divisa da Tijuca com o Rio Comprido:

Eu era aluno do Instituto Lafayette/ naquele tempo eu já pintava o sete/ trocava as letras do anúncio do cinema/ transformando um belo filme/ num sonoro palavrão/ Que turma mais maluca, aquela turma da Tijuca.

Naquele tempo não existia punk/ e Tim Maia não cantava funk/ quantos sarros no silêncio das escadas/ quebra-quebra no estribo do bonde 66/ que turma mais maluca aquela turma da Tijuca.

Nossa eterna sensação de gol/ muitas brigas e o nascer do rock'n'roll/ muita gente em claro na fila da carne/ esperando o sol raiar/ só pra vender o seu lugar/ Que turma mais maluca a turma da Tijuca.

Todos eram namorados da Lilica/ que do bairro era a moça

mais bonita/ da cachaça todo mundo era freguês/ nas noturnas serenatas que acabavam no xadrez.

Tim Maia respondeu com "Esquina com Matoso".

Haddock Lobo/ esquina com Matoso/ foi lá que tudo começou/ Erasmo, um cara esperto/ juntou com Roberto/ fizeram coisas bacanas/ são lá da esquina, hahaha/ ... a turma estava formada/ com lindas meninas/ e o Jorge um camarada/ era uma babulina, alô Jorge Ben/ ... Haddock Lobo/ esquina com Matoso/ foi lá que tudo começou.

Roberto Carlos cantou em inglês músicas do tempo de Os Sputniks, conjunto que tinha com Tim Maia; e Jorge Ben lembrou das primeiras canções dos Tijucanos do Ritmo, que se apresentavam na Igreja dos Capuchinhos, ele ao violão e Tim na bateria. Os quatro fizeram questão, no final, de erguer uma faixa em homenagem a Carlos Imperial, que no início da carreira os levou para tocar no programa *Clube do Rock*, na TV Tupi.

Obrigado, Imperial, sem você não seríamos nós!

Roberto e Erasmo Carlos, torcedores do Vasco, estavam à vontade, felizes da vida, mas o rubro-negro Jorge Ben não escondia a frustração pela goleada americana. Assim como Mário Reis, Tim Maia, acompanhado do sobrinho tijucano Ed Motta, levou um monte de gente para mostrar onde morava com a família, o número 24 da Rua Afonso Pena que virou um prédio horroroso.

Ainda se sentia o impacto da apresentação da turma da Jovem Guarda quando Tom Jobim subiu ao palco. Foi uma ovação!

Sozinho ao piano interpretou canções da bossa-nova, acompanhado em coro pelos torcedores. E também contou histórias. Disse que nasceu em casa, na Conde Bonfim número 634, *um sobrado muito bonito*, mas logo se mudou com a mãe Nilza — por coincidência o mesmo nome da minha mãe — para Ipanema e nunca mais voltou ao bairro.

Tom Jobim se retirou muito aplaudido e anunciou Milton Nascimento, que entrou emocionado. Quase não conseguiu cantar, depois de abrir o coração. Contou que era filho da Tijuca, da encosta dos morros, e lembrava com muito carinho de Lilia, sua mãe de criação.

Explicou, com lágrimas nos olhos, que sua mãe verdadeira, Maria do Carmo, era empregada doméstica de dona Maria Augusta, mãe de Lilia, e que morreu de tuberculose quando Milton ainda era pequeno. Lilia se casou com Josino, foram morar em Três Pontas e levaram o pequeno Bituca. Lembrou que eles *se casaram bem aqui do lado, na Igreja dos Capuchinhos*.

Para homenagear a mãe de criação, Milton abriu o show com a instrumental "Lilia", acompanhado por Wagner Tiso, Toninho Horta, Robertinho Silva e Luiz Alves.

Depois de cantar os grandes sucessos da carreira, quase no fim do show Milton selecionou canções que só falassem de futebol: "Bola de meia, bola de gude"; "Tema de Tostão" (em dueto com minha irmã Maria de Fátima, que gravara com ele em Los Angeles) e "Aqui é o país do futebol". E, para encerrar, mandou ver "Canção da América", não poderia ser melhor.

Para matar a fome da turma que não arredava pé de Campos Sales, três helicópteros voavam baixinho despejando sacos de mandiopã sobre elas. Como o maná que surgiu no deserto do Sinai quando Moisés conduzia o povo de Deus para a Terra Prometida, o mandiopã salgadinho caiu do céu em Campos Sales.

Nas barraquinhas colocadas no gramado tinha Grapette, Crush, Ginja Cola, Sustincau, Mineirinho, Guaraná Caçula, Soda Limonada, Água Tônica de quinino e Guaraná Jesus, tudo geladinho e de graça.

E pintou a novidade da TV Rio. Com o jovem Walter Clark no comando, empolgado com a doideira tijucana, ele mandou transmitir a *Grande Resenha Facit*, o mais famoso programa de esportes da televisão, direto da Campos Sales, ao vivo. Participaram Nelson Rodrigues, Armando Nogueira, José Maria Scassa — que levou sonora vaia por ser flamenguista —, Vitorino Vieira, João Saldanha — aplaudidíssimo porque foi um dos poucos a apoiar o time de *zumbis* —, o *marinheiro sueco* Hans Henningsen e Luiz Mendes, o *apresentador da palavra fácil*. Convidaram-me para representar o América e não me fiz de rogado, fui com o maior prazer e ainda levei outro tijucano, o Fernando Calazans, colunista de *O Globo*.

Durante uma hora e meia analisaram a partida final, manifestaram espanto e admiração pela impressionante exibição do time campeão. Elegeram os craques Edu e Maneco os melhores do torneio.

Logo depois, Pedro Luiz e o pessoal do Monobloco organizaram um baile de Carnaval, que contou com a participação de Moreira da Silva, outro famoso tijucano, que divertiu a plateia cantando sucessos do Kid Morengueira.

Monarco subiu ao palco com a Família Diniz e a Velha Guarda da Portela, enquanto Dona Ivone Lara carregava a multidão do Império Serrano. Virgínia Lane e Lamartine dançaram e cantaram com eles até não aguentarem mais. Ainda apareceu Osvaldo Nunes e o pessoal do bloco Bafo da Onça, do Catumbi, que nos anos 1960 ensaiava aos domingos em Campos Sales. Sucesso total!

Pouco antes do fim da festa foi transmitido o programa *Miss Campeonato*, da rádio Mayrink Veiga, criação de Sérgio Porto. No final dos anos 1950 era o grande sucesso nas noites de segunda-feira. Cada comediante representava um time e, numa metáfora da tabela do campeonato carioca, quem terminava a semana em primeiro lugar namorava a miss, a maravilhosa Rose Rondelli. De maiô, exibindo as belíssimas pernas que levavam o público dos teatros ao delírio, ela entregou a taça ao humorista Geraldo Alves, que encarnava o América, sob falsos olhares tristonhos do grande Zé Trindade, de Altivo Diniz, de Matinhos e de Tutuca, que interpretavam os times derrotados.

Outra grande atração, quase no final da festança, foi a transmissão do *Céu é o limite*, da TV Tupi, com a apresentação de Jota Silvestre. Para incendiar a plateia o animador surgiu de mãos dadas com a ganhadora mais famosa de todos os tempos, Leni Orsida Varela, *A Noivinha da Pavuna*, que respondeu tudo "absolutamente certo" sobre o poeta português Guerra Junqueiro e recebeu como prêmio duas casas, duas passagens para a Europa e três enxovais completos, pois logo iria se casar.

Os participantes do programa especial eram os jornalistas esportivos Marcelo Duarte, Paulo Vinícius Coelho e Celso Unzelte, os *Loucos por futebol*, conhecidos sabichões que tentariam faturar cem mil reais se respondessem certo às três perguntas sobre o América. O prêmio seria doado a uma instituição de caridade do bairro.

Primeira pergunta: *em 1909, houve um concurso para a escolha do melhor goleiro da cidade, sob o patrocínio do jornal* A

Imprensa, *e se saiu vitorioso o goleiro do América. Qual era o nome e qual era o apelido dele?*

Celso Unzelte lascou a resposta, sem pestanejar: *Alberto Alvarenga, o Baby, que teve 7782 votos contra 5585 do segundo colocado, Waterman, goleiro do Fluminense.*

Absolutamente certo, vibrou Jota Silvestre.

Segunda pergunta: *do time campeão de 1960, quantos jogadores vieram da base dirigida pelo técnico Moacir Aguiar, o "Carne-seca"?*

Paulo Vinícius gaguejou, refugou, mas mandou: *Jorge, Djalma Dias, Ivan e Antoninho entre os titulares, e Enílson, Jailton e Sérgio Babá entre os reservas.*

Absolutamente certo!

Terceira pergunta: *qual o nome e quantos gols marcou o atacante amigo de Belfort Duarte nas partidas decisivas que deram o título da América em 1913 e 1916?*

Foi fácil para os três, que responderam em coro: *Gabriel de Carvalho, o homem que levou Belfort Duarte para o América e, incrivelmente, fez o gol no 1 a 0 sobre o São Cristóvão em 1913, e o gol no 1 a 0 sobre o mesmo São Cristóvão, em 1916.*

Sob aplausos, Marcelo, PVC e Celso receberam o cheque das mãos de Jota Silvestre e repassaram para o Asilo Santa Isabel, na Mariz e Barros, ali pertinho da sede, onde Wilson Simonal era interno quando menino.

Antes do encerramento da festa, o faquir Silk, barbado, cabeludo, trôpego, foi retirado da urna. Enfiaram uma camisa do América por cima da túnica rasgada e a multidão delirou.

Festa no Borel

Na noite de 8 de dezembro, dia de Nossa Senhora da Conceição e de Oxum, enquanto o couro comia em Campos Sales, Pai Jeremias comandava uma grande festa no Borel, em louvor à rainha da água doce e dona dos rios e cachoeiras. E também em homenagem ao América campeão e aos companheiros que tornaram possível a loucura. As diferenças de credo e firulas religiosas foram deixadas de lado, a ordem era comemorar. E como comemoraram!

Convidados importantes subiram o morro: a ialorixá Mãe Stella de Oxóssi que comanda o terreiro Ilê Axé Opô Afonjá, de Salvador, e o Oba Adeyemi III, rei da cidade nigeriana de Oyo, terra de Xangô, o Orixá da justiça. Luiz Antonio Simas e Edu Goldenberg, filhos de Ogum, também deram uma passada por lá.

Joãozinho da Gomeia, sempre o mais elegante, estreou vestimenta especial, amarelo-ouro, em homenagem a Mãe Oxum. Seu Sete foi com o traje de sempre: capa, botas e cartola pretas. Pai Santana, que não cabia em si de tanta alegria, batia tambor no ritmo suave dos ijexás.

Zé Arigó não conseguiu chegar a tempo de Congonhas

do Campo e Thomas Green Morton não quis sair do seu sítio em Valença. Mas vieram João Ferreira e Juvenal, os kardecistas; Betinho, o rosa-cruz; Doutor Salim, o terapeuta de vidas passadas, e Tinoco, o da Igreja Gnóstica Cristã. E se divertiram a valer. Papu e Pedro de Castro ajudaram o pessoal de Pai Jeremias nas bebidas, principalmente no champanhe, a preferida da Orixá, e nas comilanças.

Pai Jeremias, eufórico, recepcionava com classe a chegada de diversas entidades na cabeça dos médiuns da casa, controlava a disposição das oferendas: o omolocum, feijão fradinho refogado no dendê com camarões secos; xinxim, canjica e bananas assadas, tudo enfeitado com margaridas brancas e rosas amarelas e bandeirinhas douradas penduradas no teto.

Martinho da Vila deixou Campos Sales e subiu o Borel a tempo de participar da festa de Pai Jeremias. E de cara cantou "Festa da Umbanda" para delírio geral:

O sino da igrejinha faz belém blem blam/ deu meia-noite/ o galo já cantou/ Seu tranca rua/ que é dono da gira/ Oi corre gira/ Que Ogum mandou.

Zeca Pagodinho, outro filho de Ogum, chegou logo depois e deu canja durante a madrugada. Levou no gogó, acompanhado pela multidão, "É D'Oxum".

Nessa cidade todo mundo é d'Oxum/ homem, menino, menina, mulher/ toda a cidade irradia magia/ presente na água doce/ presente na água salgada/ e toda a cidade brilha/ seja tenente ou filho de pescador/ ou importante desembargador/ se der presente é tudo uma coisa só/ a força que mora n'água não faz distinção de cor/ e toda a cidade é d'Oxum/ é d'Oxum é d'Oxum.

O Borel não dormiu de domingo para segunda-feira. Estrondoso foguetório saudou a chegada da manhã misturado ao som dos atabaques. A bandeira do América na entrada da roça de Pai Jeremias nunca foi tão beijada. E o grito de *Saaaangue!* se ouvia no morro madrugada afora. Pai Jeremias era um homem feliz.

Agora posso morrer em paz, dizia o velho e respeitado mestre, abraçado ao seu cambono preferido, Hélio Palavrão.

O fim

A festa da vitória terminou em grande estilo com artistas e jogadores campeões cantando o hino do América e o Hino Nacional Brasileiro com a Orquestra Sinfônica Brasileira regida por Villa-Lobos. Foi uma choradeira danada!

O povo agitava lenços brancos, milhares de fogos de artifício espocavam no céu de onde caía chuva de papel prateado. Gritos de *Saaaangue! É campeão! Saaaangue! É campeão!* ecoavam por toda a Tijuca.

A grande aventura chegava ao fim.

O América, enfim, era campeão!

Depois do acontecido, a Tijuca entrara definitivamente para o rol dos lugares especiais da face da Terra. Nunca, jamais em tempo algum se viu algo semelhante. Nem em Machu Picchu, nem em Varginha, nem no Nepal. Os tijucanos passaram a se orgulhar de seu pedaço, de seu chão, de sua gente, de seu time, de sua aldeia. No rosto de cada um estava estampada a alegria de viver uma história maluca e deslumbrante.

E foram todos para casa cantarolando "Meu bairro canta", do Waldemar Ressurreição, cearense que adotou a Tijuca e cuja música fez sucesso em 1950 nas vozes dos Quatro Azes e Um Coringa:

Eu quero enaltecer um bem que adoro/ o meu bairro onde moro/ meus amigos fiéis/ dizer que do meu coração não sai/ Saenz Pena, Rua Uruguai, a Muda, o Ponto cem-réis/ citar a velha fábrica das chitas de tantas garotas bonitas que o Salgueiro tem a seus pés!

Aos poucos, o campo de futebol de Campos Sales ia sendo tomado por tufos de fumaça azulada que rodopiavam com o vento forte, não se enxergava além de um palmo do nariz. De repente, silêncio absoluto e as luzes se apagaram. Deu medo.

Os revividos desapareceram sem se despedir, inclusive o professor Trajano, meu pai, só sobraram os jogadores, comissão técnica, Giulite e Braune. Eles teriam uma despedida especial.

Saímos a pé pela Tijuca atrás das delícias dos bares e dos pés-sujos, conforme o combinado.

Como diz Eduardo Goldenberg: *é aqui, na Tijuca, que reside o verdadeiro espírito do botequim carioca. A mídia força a barra, sempre, e lança seus modismos Zona Sul, suas franquias, suas bandeiras, que mudam a cada verão de acordo com a consciência dos empresários que querem saber só de lucro e que não entendem nada do riscado.*

A farra começou no Guanabara, na vizinha Praça Afonso Pena, conhecido como bar do Joel, na doutor Satamini. Com todo mundo de ressaca braba, serviram mocotó na tigela para levantar o ânimo e depois o delicioso jiló no alho. A moçada se animou imaginando o que viria pela frente.

A caravana seguiu passando pelo Cantinho do Céu, na rua sem saída Maestro Villa-Lobos, devorou carne assada, pernil e mandioca preparados com esmero pelo Arnaldo e partiu para o bar do Xoxó, cujo nome de verdade é Estudantil, onde esvaziaram nove engradados de cerveja, além das batidas de limão. A maioria já ficou mais pra lá do que pra cá.

Felipinho assumiu a bandeira de guia e nos levou para a Rua do Matoso. Bebemos no Matosinho, tomamos cerveja com salaminho na Quitanda Abronhense do lendário português Seu José, enxugamos batida de limão no Almara, na Iguatemi, passamos pelo Rex, onde traçamos galetos assados no carvão, sob os olhares do mendigo Crispim, do João e sua cadela Nina e do Ferreira Gullar (apelido de um senhor igual ao escritor) e da Diaba Loira. Fomos para o Aconchego Carioca, na Barão de Iguatemi, saboreamos os quitutes da Kátia, provamos os bolinhos da Mari no Bar da Frente e esticamos até a Associação Cultural da China, Huan Lian, atrás da sede do América, na Gonçalves Crespo.

Coisa finíssima. Bebemos cervejas chinesas, degustamos pato laqueado e sopa de barbatana de tubarão. Depois fomos ao Chico, na esquina de Pardal Mallet com Afonso Pena, onde o campeão é o cabrito com coradas e entramos no Salete, que só eu chamo de Manolo. Ele servia suas deliciosas empadas de camarão no balcão enquanto Djacir levava às mesas o famoso risoto, que rivaliza em prestígio com o do Siri, na Rua dos Artistas.

Antes de tomar o rumo da Haddock Lobo, entramos no Bode Cheiroso para comer pernil e carne assada, demos passadinha no Otto para traçar croquete de carne e fomos para o Columbinha. Tomamos chope em frente, no Colúmbia, e encontramos o aflito Edu Goldenberg no

Marreco, na esquina da Caruso em companhia do Benito de Paula preto, velho conhecido dos bares. Carregava uma sacola com quatro quilos de camarões que ia fritar no azeite com pimenta dedo-de-moça dali a pouco. Recomendou que guardássemos espaço para eles.

Seguimos para cima em direção a Muda até o bar do Pavão, na Praça Xavier de Brito, para tomar caldinho de feijão com cerveja. Tocamos para o bar Varnhagen, abrimos com pataniscas de bacalhau e fechamos com suculenta rabada, enquanto batíamos papo com criadores de passarinhos que penduram gaiolas nas árvores em frente. Ainda deu para passar no Momo, na General Espírito Santo Cardoso, se empanturrar de pastel de jiló do Toninho e comer dobradinha no Da Gema.

Moacyr Luz e Gabriel da Muda chegaram com violão e cavaquinho debaixo do braço e nos levaram ao encontro dos pastéis do bar da Dona Maria, perto da casa do Aldir, na Garibaldi. Depois, já caindo pelas tabelas, pegamos um ônibus e descemos a Conde Bonfim para comer os camarões fritos do Edu no Marreco, em frente ao antigo Instituto Lafayette.

Durante a rodada de samba, com cerveja gelada, batida de maracujá e tira-gosto, foi tombando um a um. Não foi fácil. Pensamos em finalizar longe dali, em Cachambi, no Cachambeer, para derrubar um porquinho embriagado preparado pelo Marcelo, mas capotamos. Tivemos que fretar um ônibus e rebocar o pessoal para o casarão do Alto da Boa Vista.

Enfim, juntos

Seguimos em silêncio por causa da emoção ou por causa da bebedeira mesmo. Só bem mais tarde, já no casarão, todo mundo de banho tomado, copo de Alka Seltzer efervescente na mão, Edu pigarreou e iniciou seu discurso falando pelos vivos, depois Leônidas falou pelos reencarnados.

Não conseguiram pronunciar mais do que três palavras, caíram no choro.

Giulite agradeceu, disse que não imaginava viver o que se passou nos últimos meses e que, agora sim, podia partir numa boa. Braune não conseguiu falar, Gessy e Olavo, no canto da sala precisaram ser atendidos pelo médico Tourinho, tão transtornados estavam. Martim Francisco, cambaleante, beijou um a um no rosto enquanto lágrimas escorriam. Jorge Vieira ficou de cama com febre alta e Otto Glória também, com crise de pressão alta.

Hélio Palavrão e Felipinho ergueram brinde de champanhe para disfarçar o próprio choro.

Aos poucos a sala começou a enfumaçar. Era o aviso de que a hora de ir embora estava chegando, mas que ainda havia uma importante sugestão a fazer e rapidamente distribuí um texto do Luiz Antônio Simas cujo título é "Falta um cemitério na Tijuca". E que depois da leitura conversaríamos:

Meu avô viveu quarenta anos no Rio de Janeiro e nunca saiu do Recife. O velho sabia, lá do seu jeito, que o homem é sua aldeia. O resto é balela. Poucos dias antes de morrer — e morreu em casa, perto de mim, graças aos deuses — o Luiz Grosso deu uma de garoto de calças curtas e pediu para este seu neto: Eu quero ouvir o hino do Sport Clube do Recife. Ouviu e deu um último sorriso. Morreu bem, pois preparou a grande despedida — e vive, num frevo que delirei, com Frei Caneca, Gregório Bezerra, Capiba e Maurício de Nassau.

O meu Recife é a Tijuca — e o Rio Maracanã é o Capibaribe iluminado do meu vô.

Amo a minha aldeia — onde não nasci, mas me reconheci. Aprendi a Tijuca, e ela é uma entidade, alma que vaga generosa, afável, aberta, solar, cafona, mesquinha, moralista, com cheiro de lírio e merda; bairro de putas generosas e cabaços mais inexpugnáveis que a linha Maginot.

A minha aldeia, camaradas, não é cenário de novela. Cheira e fede, a Tijuca — terra de futum, bafio, aroma, cecê, flor de laranjeira, pés mimosos de moças de família, coturnos de generais, sapatos de couro e sandálias esculhambadas que ornamentam dedos sujos de bebuns valentes em seus bares vagabundos — e moças sonhosas do amor que não virá, mas deveria. E como têm viúvas na Tijuca, já que homem que se preza não faz a desfeita de morrer depois da mulher.

É a Tijuca de Anescar, Noel Rosa de Oliveira, Marinho da Muda, Aldir Blanc, Geraldo Babão, Bala, Calça Larga, Almirante, Pindonga, Djalma Sabiá, Gargalhada, Zuzuca, Antônio Bra-

sileiro, Salgueiros, Boréis, Formigas, Trapicheiros, normalistas, cadetes, beatas, trapaceiros, bandidos, homens de bem, vagabundos, batedores de carteiras e trabalhadores abençoados por são Francisco Xavier, são Sebastião dos Capuchinhos, santo Afonso e, de quebra, pela senhora de Nazaré — já que aqui temos o Círio — pois paraense tijucano é o que não falta. Tijuca que anoitece nas praças e nos meus olhos, nas arruaças dos seus bêbados desamados e no canto de fé de suas igrejas reveladas e macumbas escondidas: E como tem macumbeiro e centro espírita de mesa na Tijuca. [Aproveitando a ocasião, fica a prece: Saravá, Cordeiro de Deus, tira o pecado do mundo, mas deixa um pouco de pecado na Tijuca, que faz bem e a gente precisa.] Berço de índios, violenta e serena, camarada e arisca, caricata e sincera, essa minha aldeia é madeira de dar em doido e amenizar corações sofridos — e nos comove, como ao poeta, feito o diabo. E tem barulho de tiro, trova, gozo e grito de gol na Tijuca. Além das sanfonas e guitarras lusas tocando o vira, é claro, pois há quem defenda que a Tijuca é só um delírio carioca — na verdade estamos numa aldeia no norte de Portugal, cheia de barbearias de responsabilidade e senhoras de bigodes e varizes que mais parecem o relevo da terrinha. Ou a Tijuca é a África, já que aqui a Casa Branca é mais importante que morada de presidente preto: É quilombo mesmo. Não sei, me falta cacife pra afirmar, mas desconfio que o Eduardo Goldenberg saiba. A função do filho é honrar o pai — como a função do pai é honrar o avô. Eu pedirei um dia, perto da hora de sumir na noite grande, que me cantem um samba qualquer sobre a aldeia que escolhi para amar a cidade, a mulher e os amigos. A Tijuca. E já que cemitério aqui não há — que falha grave, Tijuca! — que me torrem em um forno do Caju e joguem o que sobrar num canto da Praça Afonso Pena, ou num barco de madeira de quinta categoria, para que eu finalmente navegue meu Rio Maracanã. E como muito lirismo de cu é rola, eu quero é virar, depois de ir oló, um egum dos brabos, encosto pesado, para grudar nos ouvidos de uns tijucanos de merda, metidos a limpar cocô de galinha com colher de prata e cantar, feito assombração, um grito de guerra: — Um, dois, três, quatro, cinco, mil, se não gosta da Tijuca vai pra putaqueospariu... *Ou atravesse o Alto da Boa Vista, que dá no mesmo.*

A leitura deixou a turma abilolada. Senti na expressão deles enquanto liam. Tomei fôlego, e lancei a ideia: por que não fazer um cemitério na Tijuca? Por que não transformar Campos Sales, de agora em diante sem utilidade, em campo santo?

Ficariam todos juntos na Tijuca.

Foi um alvoroço. Olhavam uns para os outros desconfiados. Aos poucos, abriram sorrisos e Pompeia tomou a palavra:

Grande ideia! Ficar juntos para sempre é o maior prêmio que poderíamos receber. Foi na grama de Campos Sales que fomos felizes. Ali é o nosso chão, nossa terra. Seremos enterrados onde construímos nossa história. Eu topo.

Todos toparam. Fizeram até festa, apesar da presença incômoda da fumaça azulada. Abraços efusivos e gritos de euforia.

Mais champanhe, mais champanhe, berrava Martim, de novo pra lá de Bagdá.

Vamos nessa, gente! Vamos nessa!, gritou Leônidas da Selva.

Isso é que é um final feliz!, concluiu o ponta-esquerda Eduardo.

Eduardo morreu em 1969, aos vinte e cinco anos, num desastre de carro ao lado do zagueiro Lidu quando jogava pelo Corinthians, de Paulo Borges e Rivelino. Tinha um canhão nos pés e fez sete partidas pela seleção brasileira. Durante o tempo revivido, não foi o mesmo menino alegre e apelidado de *Wanderleia*, porque usava roupas extravagantes como as do pessoal da Jovem Guarda. A ideia de ficar em Campos Sales o animou. E sorriu pela primeira vez desde que foi reencarnado.

Muito legal, muito legal! A melhor ideia que ouvi nos últimos anos, gritou Ivan, lateral-esquerdo, arregalando os olhos de alegria com a ideia de ficar para sempre no velho estádio. Ele começou a jogar bola ali, nas categorias de base. Foi campeão em 1960 e três anos depois foi vendido ao Botafogo para substituir Nilton Santos, que, veterano, passou a jogar de quarto-zagueiro, já sem pernas para correr atrás dos pontas. Mal chegou a estrear com a camisa estrela solitária, afogou-se na Barra da Tijuca.

Pegamos o ônibus e nos mandamos para Campos Sales, a fumaça azulada já estava começando a incomodar. Por telefone, Giulite dera ordens para os operários cavarem as covas, mas que deixassem as marcas do campo, com balizas, bandeirinha de corner e tudo o mais.

Chegamos ao estádio e logo depois meus heróis foram sumindo, um a um, sem alarde. Só Pompeia e Leônidas da Selva acenaram de longe. Maneco, o *Saci de Irajá*, foi o último, arrastava os pés, não tinha pressa. Ele que chegou todo desconfiado se mandava altivo, agradecido.

Os vivos ainda teriam que passar por quarentena em algum canto da cidade antes de voltar para casa. Edu me beijou, Bráulio me abraçou com força, Sebastião Leônidas, Ivo, Luizinho, João Carlos, Canário e Alex choravam de mansinho, mas logo se enfiaram na camionete do Pai Jeremias que tomou rumo ignorado.

E assim Campos Sales virou Cemitério Tijucamérica.

E os meus heróis, os caras que me deram as maiores alegrias na vida ficaram para sempre na Tijuca.

Fiquem em paz, campeões! Obrigado!

Pede mais uma gelada!

Sábado meio-dia, a turma já estava na segunda rodada, petiscando carne-seca com farofa e linguiça mineira e discutindo futebol no Bode Cheiroso.

Aldir, Felipinho, Digão Folha Seca, Danilo Medeiros, Edu Goldenberg, Simas, Szegeri, Favela, Guga Villani, Fábio Seixas e o Léo Boechat, todos no lugar de sempre. Cheguei atrasado, boca seca e louco de vontade para abrir os trabalhos com uma gelada, porque a do Bode — o nome de verdade é bar Macaense — é insuperável, campeã, vem sempre na temperatura certa, desde os tempos em que o Bigode era o garçom.

Edu se instalou na cozinha do Leonardo Lelê para produzir tremendo caruru para o almoço da turma. Todos os ingredientes — camarão seco, quiabo, pimenta dedo-de-moça, tomate, amendoim, camarão fresco, gengibre, castanha-de-caju, cebola grande, coentro e azeite de dendê — comprados na feira ali pertinho, na Vicente Licínio, ao lado da velha sede do América.

As discussões futebolísticas esbarravam em dúvidas cruéis: Barbosa foi melhor do que Castilho? Belini e Orlando formaram zaga mais firme do que Brito e Fontana? Quarentinha jogou mais bola do que Amarildo?

As discussões musicais também ferviam: quem ganhou a polêmica, Noel ou Wilson Batista? Depois do Tom, quem foi o melhor parceiro de Vinicius, Baden, Carlos Lyra ou Toquinho? Quem tinha mais gogó, Orlando Silva ou Francisco Alves?

O papo prometia, mas foi só eu chegar para pararem de falar, me olharam espantados:

O que houve cara? Não dormiu, não?

Fui ao banheiro, lavei o rosto, me sentei junto deles e enquanto entornava a primeira do dia, contei:

É que tive um sonho incrível, querem ouvir?

Claro, então pede mais duas aí, emendou Felipinho.

Começou assim:

"Outro dia, passando por Campos Sales, 118, na Tijuca, numa manhã calorenta e sufocante, típica do lugar, dei de cara com a antiga sede do meu América. Fiquei arrasado, deu vontade de chorar."

TIPOGRAFIA Adriane por Marconi Lima
DIAGRAMAÇÃO Verba Editorial
PAPEL Pólen Soft
IMPRESSÃO Gráfica Bartira, junho de 2015

A marca FSC© é a garantia de que a madeira utilizada na fabricação do papel deste livro provém de florestas que foram gerenciadas de maneira ambientalmente correta, socialmente justa e economicamente viável, além de outras fontes de origem controlada.